KB019154

독립운동가가 된 고딩

독립운동가가 된 고딩

이진미

초록
서재

열일곱 살 태웅이가 경성으로 간 까닭은?

여러분은 혹시 이런 상상을 해 본 적이 있나요? 내가 지금이 아닌 다른 시대에 태어났으면 어땠을까 하고 말이에요. 조선의 왕자나 공주로 태어나서 온 백성이 우러러본다면? 상상만으로도 기분이 좋아지지 않나요? 아니, 피비린내 나는 전쟁의 와중에 태어나지 않은 것만도 고마워해야 할까요?

여기 잘난 외모며 똑똑한 두뇌, 엄청난 인기까지 모든 것을 다 가진 고등학생 차태웅이 있어요. 도무지 남 부러울 것이 없어서인지 남에게는 관심조차 없는 아이지요. 전 이런 태웅이를 일제 강점기 경성 한복판으로 보내 보았어요. 그 시대에 살았던 청소년들에게 묻고 싶은 게 있었거든요.

선생님이나 부모님, 혹은 주위 친구들에게 부당한 일을 당할 때가 있죠? 이건 아니라고 당당하게 말하고 싶지만 혼날까 겁도 나고 괜히 나섰다가 귀찮아질까 봐 망설인 적이 누구나 있을 거예요. 그런

데 식민지 조선의 학생들은 지금과는 비교도 할 수 없이 엄혹하고 살벌했던 시기에 감히 일제에 맞서 전국적으로 동맹휴학운동을 일으켰대요. 도대체 무슨 힘으로 그처럼 대단한 용기를 낼 수 있었는지 저는 너무 궁금해서 참을 수가 없었어요. 그래서 대신 답을 알아 오라고 태웅이를 보낸 거예요.

성공적으로 백 년 전의 경성에 도착한 태웅이는 그곳이 마음에 들었을까요? 아마도 좌충우돌하며 어려움을 겪기는 하지만 결국은 저의 궁금증을 시원하게 풀어 주리라 믿어요. 왜냐하면 태웅이도 가슴에 뜨거운 피가 흐르는 아름다운 열일곱 살이니까요. 동맹휴학의 주인공들처럼, 그리고 바로 여러분처럼 말이죠!

시들지 않는 열일곱 송이 꽃을 위해
2019년 1월 이진미

차례

1
황태자와 반대자

구월이라지만 공기는 아직 텁텁하다. 이른 아침부터 등에는 무거운 가방을 이고 가슴에는 돌덩이를 얹고 오늘도 꾸역꾸역 신기고등학교로 향하는 청춘들의 발걸음은 무겁기만 했다. 그들을 비웃기라도 하듯 먼지 바람을 일으키며 날렵한 검정색 세단 한 대가 미끄러지듯 굴러와 교문 앞에 섰다. 광화문을 지키는 이순신 동상처럼 당당하게 교문을 지키고 서 있던 학생부장의 굵은 눈썹이 불편한 심기를 드러내며 꿈틀거렸다.

"뭐야? 학생은 교문 백 미터 밖에서 내려 걸어오라는 말 못 들……."

었어? 학교가 우습냐? 교칙이 장난이야? 당장 이리 와서 머리 박아 이 새끼야, 로 시작해서 일장 연설로 이어질 학생부장의 다음 대사는, 그러나 더는 이어지지 못했다. 뒷좌석의 창문이 소리 없이 내려가고 고개를 내민 차태웅이 더없이 겸손한 미소를 지으며 학생부장을 향해 이렇게 말했기 때문이다.

"존경하는 학생부장 선생님, 아침부터 얼마나 고생이 많으십니까. 정말 죄송하지만 제가 어제 승마 수업을 받다가 새끼손가락을 살짝 삐끗해서요. 오늘만 차로 이동해도 되겠습니까."

학생부장의 험악한 표정은 갑자기 걱정스러운 이웃집 아저씨처럼 돌변했다.

"저런, 태웅아. 큰일 날 뻔했구나. 환자는 차량을 이용해도 되지, 되고말고."

학생부장은 학교 앞까지 유난히 높고 긴 언덕길을 헉헉거리며 올라가고 있는 학생들을 향해 목에 건 호루라기를 삐익삐익 불었다.

"어이, 차 들어간다. 다들 비켜."

학생부장의 곁에 나란히 서 있던 선도부 학생들이 수군거렸다.

"헐. 발가락도 아니고 손가락 삐끗했다고? 신기고 교칙은 예외 없는 규칙이라더니."

"그거야 우리같이 별 볼 일 없는 애들한테나 그런 거고. 차태웅이잖아. 신기고 유일한 예외, 모르냐?"

"맞다. 지난번 차태웅이랑 한판 붙었던 김현서는 강제 전학 당했다지."

"머리 깨진 건 김현서였는데 말이야."

"그러니까. 차태웅은 서면 사과였고."

"미안하다도 아니고 유감이라고 달랑 한 줄 썼다며?"

"차태웅 할아버지가 신기고 이사장이라서 선생들이 다 발발 긴다는 게 진짜였구나."

"그뿐이냐. 전교 일등에 축구도 잘해, 얼굴은 아이돌이야. 저 새끼는 전생에 나라를 구했나. 젠장, 세상 왜 이렇게 불공평하냐."

"시끄러, 이 자식들! 똑바로 안 서!"

학생부장의 불호령에 선도부 학생들은 입을 비쭉거렸다.

태웅은 그러거나 말거나 관심 없다는 듯 팔짱을 끼고 뒷좌석에 몸을 깊숙이 기대고 앉았다. 열린 창밖으로 피켓을 들고 죽 늘어서서 구호를 외치는 학생들이 보였다.

"10만 명 강제징용 일본 전범기업 불매하자!"

그들이야 목에 핏대를 세우든 말든 차를 타고 유유히 교문 안으로 들어서는 태웅의 귀에 악을 쓰는 외침이 들려왔다.

"식민 지배에 대한 일본의 진정 어린 사죄와 참회가 있을 때까지 역사의 심판에 동참합시다! 우리는 역사자율동아리 〈파란〉입니다!"

대열의 한가운데에 선 남학생은 굳은 표정으로 구호를 외치며 주먹까지 휘둘렀다. 하늘로 쭉쭉 솟은 머리카락까지 잔뜩 성이 나 보였다.

"아오, 저 밤송이는 뭐야. 시끄러워 죽겠네. 대입 자기소개서에 한 줄 넣어 보겠다고 아침부터 엄청 애들 쓰시네. 방학 때 해외연수나 한번 다녀오면 될 것을."

신경질적으로 귀를 파며 창밖을 보던 태웅이의 눈이 갑자기 반짝였다.

"어, 라은이다!"

유난히 하얀 얼굴에 곱게 빗어 하나로 묶은 머리카락이 햇살을 받아 반짝거렸다. 신기고 최고 미녀이자 차태웅이 점찍은 사라은이었다. 아이돌 그룹 연습생이라는 소문과 함께 올해 초 전학 온 그날부터 라은은 신기고의 전설로 확실히 자리매김했다. 이미 이 학교 학생이라면 누구나 차태웅과 사라은이 공식 커플이라고 알고 있다. 사실 차태웅이 사귀자는데 싫다고 할 여자가 대한민국에 있겠냐는 말이다. 아직 라은에게 확답을 들은 것은 아니지만 도도해서 그런 거라고 태웅은 생각했다.

"우리 라은이 저 언덕길 올라가다 예쁜 종아리에 근육이라도 생기면 큰일이지. 김 기사 아저씨, 잠깐 차 좀 세워 주세요."

친구들과 까르르 웃으며 걸어가던 라은의 책가방을 옆에 있던 친구가 툭 쳤다. 그 바람에 가방 틈에서 연녹색 파우치가 툭 떨어졌다.

태웅이 얼른 차에서 내리려는데 누군가의 손이 먼저 라은의 파우치를 집어 들었다. 그는 선뜻 라은을 불러 세우지 못하고 눈부신 웃음소리를 남기며 멀어져가는 라은의 뒷모습을 바라보고만 있었다. 그러다가 라은의 파우치를 소중하게 쓰다듬더니 제 교복 주머니에 쑤셔 넣는 게 아닌가. 짧게 친 머리카락 사이로 발갛게 달아오른 귓불이 선연히 드러났다.

이 모습을 지켜보던 태웅의 입가가 일그러졌다.

"양종욱, 저 지질한 쭈글이 새끼가……!"

태웅의 주먹에 힘이 들어갔다. 종욱은 태웅의 눈길을 알아차리지 못한 채 미소를 머금고 있었다. 태웅은 다시 차에 올랐다. 종욱의 곁을 스쳐 지날 때 열린 창문으로 마시던 커피 캔을 툭 떨어트렸다. 커피가 쏟아지며 종욱의 바지와 운동화를 적셨다. 태웅이 창문 밖으로 고개를 빼고 말했다.

"앗, 실수. 남은 건 너 마셔."

종욱은 유유히 멀어져 가는 고급 세단의 뒷모습을 황당한 얼굴로 바라보다가, 허리를 숙여 캔을 집어 들고는 묵묵히 걷기 시작했다.

일 교시는 학급회의 시간이었다. 오늘의 안건은 한 달 뒤 있을 현장 체험 학습 장소를 정하는 것이다. 이학년 삼반의 학급회의는 좀 특별했다. 그건 담임의 특이한 주장 때문이었다. 민주주의적인 '다수결의 원칙'이라는 좋은 제도가 있는데 왜 굳이 신라 시대 화백회의 예를 들어가며 만장일치제를 고집하는지. 담당 과목이 역사라 그런 것만은 아닌 게 분명했다. 어쨌거나 이학년 삼반 학급회의에서 모든 결정은 만장일치를 목표로 했고 그 때문에 오 분이면 끝날 안건도 한 시간을 넘어 쉬는 시간까지 잡아먹는 일도 허다했다.

"중요한 건 결론이 아니라 과정이다. 만장일치에 이르기까지 이어지는 토론의 과정에는 배움이 있다, 이 말이지. 우선 나와는 다른 의견을 가진 상대를 어떤 논리로 설득할지 고민을 해야 해. 그 다음엔 상대의 의견을 듣고 타당한 점은 받아들이되 논리적 허점을 발견해서 공격하는 거야. 그렇게 치열하게 논리를 다투는 과정에서 얻어진 결론은 다수결로 손쉽게 얻은 결론과는 결코 같을 수 없다, 이 말이지."

학생들의 반발을 예상한 듯 담임은 덧붙였다.

"한번 해 보면 너희도 느끼는 바가 있을 거야. 나도 직접 경험해 보기 전엔 몰랐거든."

어쨌거나 그래서 한 달 뒤에 있을 소풍 장소를 만장일치로 결정하기 위해 치열한 토론을 해야만 했다.

학급 반장인 태웅이 교탁 앞에 당당히 버티고 서자 이학년 삼반 모두는 여지없이 움츠러드는 느낌에 사로잡혔다. 태웅에게는 쉽게 거부할 수 없는 기운이 있었다. 태웅이 학교 재단 이사장의 손자라서? 공부 전교 일등에 축구도 일등이라서? 백팔십 센티미터를 훌쩍 넘는 키에 떡 벌어진 어깨 때문에? 그도 아니면 곱상한 얼굴에서 찌르는 듯 빛을 발하는 그 눈 때문에? 어쩌면 그것 전부 때문일 수도, 아니면 그것과는 아무 상관없을 수도 있었다. 중요한 건 그가 말할 때 쉽사리 '노'를 외칠 수 있는 사람은 적어도 신기고 안에는 존재하지 않는다는 점이다. 그래서 태웅이 이렇게 말했을 때 이학년 삼반 모두는 안도하는 분위기였다.

"내가 의견 하나 내도 될까? 새로 개장한 판타지랜드 어때?"

의기양양한 태웅의 제안에 화답하듯 준서가 큰 소리로 외쳤다.

"아, 반장네 아버지께서 이번에 판타지랜드를 인수하셨다는 소문이 있던데? 우리 가면 하루 전세 내 주는 겁니까?"

"우리 반이 간다면 그날 다른 단체 예약은 받지 말라고 해 볼게."

"오오!"

아이들의 환호성이 쏟아졌다.

"혹시 다른 의견 가진 사람 있어?"

여유 만만한 표정으로 태웅이 아이들을 둘러보며 말했다. 아무도 손을 들지 않자 태웅은 어깨를 으쓱하며 담임을 바라보았다. 담임은 눈을 동그랗게 뜨고 팔짱을 꼈다.

"이러면 회의가 너무 재미없잖아. 나도 의견 하나 내도 될까?"

우우우우, 쏟아지는 야유에도 개의치 않고 담임은 진지한 표정으로 말했다.

"한국역사박물관에서 1920년대 경성 거리를 복원해서 전시하는 기획전을 연다. 식민지 조선의 모습이 어땠는지 생생하게 보고 느낄 수 있겠지. 1920년대라면 마침 다음 달 근현대사 시간에 배울 내용이기도 하고. 어때?"

"그거 영화 세트장 같은 데 아닙니까?"

비딱한 자세로 앉아 비딱한 말투로 질문을 날린 건 김준서였다. 차태웅의 오른팔. 태웅이 나서기 껄끄러울 때마다 재빠르게 눈치 채고 앞장서는 인물. 태웅의 눈에 들기 위해서는 담임도 두려워하지 않는 아이였다.

"뭐 비슷하지."

담임은 선선히 고개를 끄덕였다. 준서는 피식 웃으며 종지부를 찍으려 했다.

"그거 뭐, 오 분이면 다 둘러볼 텐데 남는 시간에 뭐합니까?"

"백여 년 전!"

담임의 표정이 진지해졌다. 좋지 않은 신호다.

"조국을 빼앗긴 식민지 조선의 청년들 마음은 어땠을까? 그들은 어떤 생각으로 그 거리를 걸으며 하루하루를 살아갔을까? 내가 식민지였던 조선의 경성에서 태어났다면 어떤 삶을 살았을까를 머리로 고민하고 가슴으로 느끼기에 오 분은 너무 짧은 시간 같은데."

태웅은 입맛을 다셨다.

"자, 다른 의견 더 없습니까?"

모두들 조용했다. 여기에서 또 다른 의견을 내어 태웅의 심사를 거스르고 싶은 바보는 없었다.

"그럼 우선 표결을 한 뒤 의견이 통일되지 않으면 토론에 들어가겠습니다. 먼저 판타지랜드에 가고 싶은 사람 손들어 주십시오."

태웅은 당당한 눈길로 교실을 둘러보았다. 한눈에 보기에도 거의 모든 아이들이 손을 번쩍 올리고 있었다. 마치 '나 좀 봐줘, 태웅아. 나 손 들었어.' 하듯이.

태웅은 흐뭇한 표정으로 다시 말했다.

"손 내려 주십시오. 그럼 경성 세트장, 아니 식민지 조선 경성 거리 기획전에 가고 싶은 사람 손들어 주십시오."

침묵이 흘렀다.

"아무도 없으면 만장일치로 이번 현장 체험 학습 장소는 판타지랜드……."

"저기, 한 명 손든 것 같은데?"

담임의 손가락이 가리키는 곳에 한 녀석이 몸을 잔뜩 웅크린 채 주뼛거리며 주먹 쥔 손을 반쯤 올리고 있었다. 양종욱이다. 키가 크긴 하지만 워낙 마른 체형에 가느다란 팔다리가 유달리 길었다. 우수에 찬 표정으로 학기 초에는 관심을 갖는 여학생도 좀 있었지만 지금은 인기 순위에서 한참 뒤로 밀려나 있는 아이였다.

태웅의 눈썹이 치켜 올라갔다.

"저 새끼 뭐야? 손든 것 맞아?"

김준서가 사납게 힐난하듯 말했다. 그 말을 신호탄 삼아 여기저기에서 웅성거리는 소리가 들렸다.

"뭐야. 오늘 회의 좀 일찍 끝내고 쉬어 볼까 했더니."

"저 찌질이는 맨날 찌그러져 있다가 왜 나서고 지랄이야."

"양종욱, 경성 기획전에 손든 것 맞습니까?"

태웅은 의장답게 또박또박 물었다. 예의는 갖추었지만 그 안에 담긴 노여운 기운은 모두가 느끼고도 남았다. 하지만 종욱은 거의 책상에 머리를 박을 듯이 웅크린 자세를 하고서도 고개를 끄덕였다.

'저 새끼가 사사건건!'

태웅은 속으로 이를 갈았다. 평소에는 있는지 없는지도 모를 녀석이 다 같이 결정해야 할 때면 꼭 나서서 태클이었다. 지난 봄 합창대회에서 부를 노래를 정할 때도 그랬다. 반 전체가 좋다고 한 가요에 여성을 비하하는 내용이 있다며 혼자서 반대를 한 것이다. 그때 양종욱의 편을 들고 나선 사람은 다름 아닌 사라은이었다.

"사실 난 그 노래를 들으면서도 생각하지 못했는데 종욱이 말을 듣고 보니 정말 여성을 비하하는 내용이 맞네. 이 노래를 부르는 건 나도 반대야."

한창 라은에게 공을 들이던 태웅은 당황했고 어쩔 수 없이 라은의 편을 들 수밖에 없었다. 안중에도 없던 종욱이 맘에 들지 않게 된 건 그때부터였다.

'저 새끼가 어쩌다 라은이 마음에 드는 말 한번 했다고 우쭐해서는……. 두고 보자, 양종욱.'

태웅의 마음을 읽은 준서가 알아서 나서 주었기에 태웅은 그날 이후 종욱이 이학년 삼반 공식 쭈글이가 되는 과정을 지켜보면 되었다. 수업 시간에 종욱이 한마디라도 하면 준서가 기다렸다는 듯 큰 소리로 비아냥거리며 놀림감으로 만들었고 분위기를 알아챈 아이들이 맞장구치면서 어느새 종욱은 점점 입을 다물게 되었다.

결정적 사건은 어느 점심시간에 일어났다. 국적을 알 수 없는 퓨전 닭 요리가 급식으로 나왔을 때 아이들은 분노했다.

"그냥 튀겨 주면 될 것을! 불쌍한 닭한테 도대체 무슨 짓을 한 거야!"

"치느님께서 노하셨다! 이 정체불명의 소스에서는 발 고린내가 나!"

참다못한 아이들은 너나 할 것 없이 식판을 내던졌다. 태웅도, 준서도 마찬가지였다. 준서는 잔반통에 급식을 통째로 쏟아 버리고는 그 소란 속에서도 꿋꿋이 앉아 젓가락질을 하고 있는 종욱에게 다가갔다.

"그래 양종욱, 우리가 다 급식을 버려도 너는 꼭 먹어야지. 우린 각자 돈 내고 급식을 먹지만 넌 우리가 내는 혈세로 지원을 받고 있잖아? 그러니까 발 고린내가 나도 꼭꼭 씹어서 싹싹 긁어 먹어라, 엉? 한 톨도 남기지 말고."

종욱이 젓가락질을 멈췄다. 젓가락을 쥔 주먹에서 푸른 힘줄이 씰룩였다.

"왜 그래? 계속 먹어야지. 우리 아버지가 너 먹일 세금 내려고 아침부터 저녁까지 얼마나 고생을 하시는데. 설마 그걸 버릴 셈이야?"

교실이 조용해졌다. 서른다섯 명 칠십 개의 눈이 종욱의 식판으로 쏠렸다. 종욱은 벌떡 일어나 잔반통에 식판을 내던지고는 교실 밖으로 나가 버렸다. 쾅, 닫힌 문 뒤에서 준서가 또 다시 빈정거렸다.

"저 세금 도둑 새끼가! 야, 그 문도 세금으로 만든 거라고!"

"그만 해라, 김준서. 형편 어려워서 급식 지원 받는 게 뭐 잘못도 아니고."

태웅이 너그러운 표정으로 준서의 어깨에 팔을 두르며 말했다. 라은은 새초롬한 표정으로 준서를 노려보다가 고개를 돌렸다. 그날 이후 양종욱은 이학년 삼반 공식 쭈글이에 세금 도둑으로 완전히 자리매김하며 아이들의 관심에서 사라졌다.

그런데 체험 학습 장소를 결정하는 회의에서 또, 그 자식이 방해를 하고 나선 것이다. 교탁을 쥔 태웅의 양 손에 힘이 들어갔다.

"자, 다른 의견이 나왔으므로 지금부터 만장일치를 위한 토론에 들어가겠습니다. 의견 있으신 분?"

태웅의 말이 끝나기 무섭게 준서가 손을 들었다. 종욱을 외면한 채 자리에서 일어서지도 않고 빈정거렸다.

"딱 한 명만 빼놓고 모두 판타지랜드에 가고 싶어 합니다. 반대하는 딱 한 명의 의견만 들어 보면 될 것 같은데요."

태웅은 종욱을 지그시 응시했다. 잡아 놓은 먹잇감을 바라보는 맹수의 눈빛이었다.

"양종욱, 의견 개진해 주기 바랍니다."

종욱은 땀을 삐질거리며 자리에서 일어섰다.

"서, 선생님 말씀대로 경성 거리 기획전은 수업 내용과 일맥사, 상통하고……."

"웬 모기가 엥엥거리나? 안 들립니다!"

준서가 귀를 파는 시늉을 하며 소리를 질렀다. 태웅이 종욱을 쏘아보며 말했다.

"양종욱, 더 큰 소리로 발언해 주십시오."

종욱은 잠시 침묵하다가 마음을 먹은 듯 다시 큰 소리로 말하기 시작했다.

"경성 거리 기획전은 수업 내용과 일맥상통하므로 현장 체험 학습의 장소로 적당합니다. 반면 판타지랜드는 비용도 많이 들 뿐더러……."

"아하, 그거였구나. 돈이 없어서 못 간다고? 왜? 급식 지원, 학비 지원 다 받는데 현장 체험 학습비는 세금으로 지원 안 되나?"

"김준서!"

담임이 새된 소리를 빽 질렀지만 이미 교실은 찬물을 끼얹은 듯 조용해진 뒤였다. 종욱은 얼굴이 새빨개진 채 고개를 숙이고 서 있었다.

2
아주 특별한 초대

“하여간 김준서 그 새끼는…….”

다 좋은데 가끔 오버를 해서 문제라니까, 라는 뒷말은 속으로만 중얼거리며 태웅은 입맛을 다셨다. 준서가 성난 담임에게 끌려 나가고 난 뒤 분위기가 반전된 것이다. 준서가 도를 넘었다고 판단한 몇몇 아이들이 종욱의 편을 들었고, 설상가상으로 종이 울리자 금쪽같은 쉬는 시간을 일 초라도 더 누리고 싶었던 아이들이 우르르 경성 기획전에 손을 들어 버린 것이다. 자유를 향한 군중의 바람은 너무나 강력해서 태웅조차 감히 거스를 수 없었다. 그렇게 해서 이학년 삼반의 현장 체험 학습 장소는 놀이공원 판타지랜드 대신 식민지 조선의 경성 거리로 결정되었다.

마침내 다가온 현장 체험 학습 날, 판타지랜드에 가지 못해 부루퉁한 이학년 삼반 아이들은 담임의 지루한 설명을 들으며 한국역사박물관을 둘러보고 나서 일 층 로비에 모였다. 담임은 좀 미안했던지 경성 거리 기획전은 각자 둘러볼 것을 제안했다.

"다시 이곳에서 모이는 시각은 정확히 두 시간 뒤다. 대충 돌아다니지 말고 지금으로부터 백 년 전 경성에서 태어났다면 나는 어떤 삶을 살았을까, 충분히 생각하고 느껴 보길 바란다."

담임의 말이 끝나기 무섭게 아이들은 탁구공처럼 박물관 밖으로 튀어 나갔다. 태웅은 여자아이들이 모여 있는 곳을 기웃거리며 라은이 어디 있나 찾았다. 태웅의 곁으로 슬쩍 다가온 담임이 넌지시 말했다.

"거리 구석구석 샅샅이 뒤져 봐라. 운이 좋으면 이곳에서 판타지랜드 못지않은 아주 특별한 경험을 할 수도 있을 테니. 역사를 온몸으로 체험하는 경험 말이다. 그럼 판타지랜드에 못 간 게 하나도 서운하지 않을걸."

태웅은 역사 따위는 관심조차 없었다. 오직 라은과 데이트하듯 함께 다닐 생각에 신이 났다. "우리 사귀자."는 태웅의 말에 라은이 아직 오케이를 한 건 아니지만 태웅은 개의치 않았다. 신기고에서 사라은과 사귈 남자가 나 말고 또 누가 있겠냐는 생각이었다. 하지만 라은은 밖에서 따로 만나자는 태웅의 제안을 이런저런 이유를 대며 거절했고 둘은 지금까지 데이트다운 데이트 한번을 못 해 본 것이다. 태웅은 이번 기회를 놓칠 수 없었다.

"가자, 사라은. 식민지 조선의 경성으로."

태웅이 라은의 앞을 막고 비장하게 말하자 옆에 있던 친구들이 킥킥거리며 라은의 등을 떠밀었다. 라은은 새초롬한 표정이었지만 곧 태웅의 옆에서 걷기 시작했다. 태웅은 신이 났다.

거리로 들어서는 입구에는 독립문처럼 생긴 커다란 아치형 돌문이 있었는데 이름과 생몰 연도가 가득 새겨져 있었다. 문에 달린 현판에 '조선을 지킨 독립운동가'라는 제목이 써 있었다. 라은이 유심히 보더니 손가락으로 한곳을 가리키며 말했다.

"여기 봐, 양종욱이라는 이름이 있어. 열일곱 살에 조선총독부에 폭탄을 던졌다는데?"

라은이 하필 종욱의 이름을 콕 집어 말하자 태웅은 심사가 뒤틀렸다.

"어쩌다 이름만 똑같은 거지. 그 겁 많고 소심한 자식이 일제 강점기에 태어났으면 퍽도 독립운동 했겠다."

"그거야 모르지. 남들이 다 예, 할 때 혼자서 아니오, 할 수 있는 애잖아."

"그 자식이 딴지 놓는 바람에 이게 뭐냐. 판타지랜드 갔으면 훨씬 더 재미있었을 텐데. 안 그러냐, 라은아?"

"난 여기도 좋은데."

"그만 보고 들어가자."

바닥은 아스팔트가 아닌 석재가 깔려 있었고 길에는 전봇대가 줄지어 서 있었다. 길 한가운데를 가로지르는 철길 위에는 전차도 놓여 있었다. 길 양쪽에는 일본식으로 지어진 이층 건물들이 늘어서 있었고 군데군데 웅장한 서양식 건물도 보였다. 이층 건물에는 한자로 된 간판이 달려 있었는데 당시의 상점들을 재현해 놓은 것 같았다. 양장점이며 미용실, 식당도 있어 구경하는 재미가 쏠쏠했다.

골목을 돌자 돔이 있는 커다란 건물이 눈에 띄었다.

"앗, 저거 조선총독부 아니야? 교과서에서 본 거랑 똑같아."

라은이 소리치자 태웅이 고개를 끄덕였다. 지금은 일제의 잔재를 청산하기 위해 철거했지만 그전에는 박물관으로 썼다고 배운 기억이 났다. 작게 만들었지만 꽤나 정교했다. 그 옆 시계탑이 있는 건물은 서울역이었다. 일제 당시에는 경성역으로 쓰였다고 했다. 역 앞 광장에는 기모노나 한복을 입은 마네킹들까지 있어 제법 당시의 모습을 상상할 수 있었다. 라은이 눈을 반짝이며 말했다.

"와, 저기 인력거도 있네. 나 저거 한번 타 보고 싶었는데."

"그래? 그럼 타 보지 뭐."

라은은 인력거로 달려가더니 망설이지 않고 올라탔다. 태웅도 얼른 라은을 따라 뛰었다. 태웅이 다가가자 갑자기 인력거 손잡이를 쥐고 바닥에 꿇어앉아 있던 남자가 벌떡 일어섰다.

"아, 깜짝이야. 마네킹인 줄 알았잖아요."

검은 한복에 이마에는 흰 수건을 두른 모습이 당장이라도 '이랏샤이마세'를 외칠 것 같은 남자는 말없이 태웅을 향해 고갯짓으로 라은의 옆자리에 올라타라는 신호를 보냈다. 남자의 왼쪽 눈 아래 엄지손가락만 한 검은 점이 눈에 띄었다.

"아저씨, 이거 요금이 얼마예요?"

태웅의 질문에 인력거꾼은 고개를 돌리지도 않고 손잡이를 붙잡고 열심히 뛰기만 했다.

"저 인력거 알바 아저씨 학교 다닐 때 별명이 판다였다에 십만 원 건다."

태웅이 라은의 귀에 대고 속삭이자 라은은 눈을 살짝 흘기면서도 킥킥거렸다.

요리조리 골목길을 돌던 인력거꾼은 갑자기 허름한 목조 건물 앞에 인력거를 내려놓더니 안으로 쏙 들어가 버렸다. 건물 앞에 작은 팻말이 붙어 있었다.

<특별 역사 체험관>

"뭐야, 판다 아저씨. 화장실이 급했나?"

태웅과 라은은 의아한 눈길로 서로를 쳐다보다가 누가 먼저랄 것도 없이 인력거에서 내렸다.

"왜 안 나오지?"

"돈 안 내도 되나?"

동시에 말을 뱉고 눈빛을 교환한 둘은 인력거꾼 아저씨를 찾아 건물 안으로 들어섰다. 일본식으로 지어진 이층 건물의 나무 문을 열고 들어가자 내부는 컴컴해서 잠시 동안 아무것도 보이지 않았다. 걸을 때마다 삐걱거리는 소리가 났다.

자세히 보니 안쪽에서 희미한 빛이 보였다. 태웅과 라은은 빛이 비치는 쪽으로 더듬거리며 다가갔다. 빛은 검은 천막으로 둘러쳐진 곳에서 새어 나왔다. 태웅이 천막을 들추었다. 갑자기 쏟아지는 빛에 태웅은 눈을 찡그렸다. 잠시 뒤 가늘게 뜬 눈에 커다란 로켓 모양의 구조물이 들어왔다.

"이게 뭐지?"

로켓의 측면에서 빨간 불이 깜빡거리고 있었다. 태웅이 그 불을 바라보고 서 있자 '띠띠' 하는 기계음이 났다.

"홍채 인식 완료. 초대받은 손님이 맞습니다."

그러고는 로켓의 문이 소리 없이 열렸다. 로켓의 안쪽에는 우주선의 조종석처럼 보이는 좌석이 있었다. 머리 위쪽으로 복잡한 선으로 이어진 동그란 헬멧이 연결되어 있는 게 특이했다.

"와, 이거 죽인다. 게임기인가?"

태웅과 라은이 자리에 앉자 눈앞에 홀로그램이 나타났다. 밖에서 본 것과 비슷한 경성 거리의 풍경이 펼쳐지더니 곧이어 날렵한 검은 양복에 나비넥타이를 한 남자가 나타났다. 남자가 멋들어지게 양쪽 끝이 굽어져 올라간 수염을 쓰다듬으며 말했다.

"특별 역사 체험관에 오신 것을 환영합니다."

태웅과 라은은 의아한 얼굴로 서로를 마주보았다.

"먼저 간략히 소개를 드리지요. 저희 특별 역사 체험관은 역사에 대한 진정한 이해에 이르는 것을 목표로 불교 철학과 최첨단 과학 기술을 접목하여 개발한 장치입니다."

수염 아저씨가 입꼬리를 올리며 씩 웃자 수염 끝이 제비꼬리처럼 따라 올라갔다.

"혹시 이런 말 들어 보셨습니까? 역사를 잊은 민족에게 미래는 없다! 미국의 철학자 조지 산타야나도 비슷한 말을 했지요. '과거를 기억하지 못하는 자는 과거를 되풀이한다.' 그런데 갈수록 사람들은 역사에 대해 무관심해지고 있다는 게 바로 문제란 말입니다. 역사라는 게 신다 버린 구멍 난 양말만도 못한 취급을 받고 있단 말이지요. 이런 현실을 안타깝게 여긴 역사학자들과 교육자들이 국내 최고의 과학자, 철학자 들과 함께 이 특별 체험관을 개발하게 된 것입니다. 이 장치의 존재는 일급 기밀이고, 오직 초대받은 소수의 사람에게만 아주 특별한 역사 체험의 기회를 드리게 됩니다."

"저, 저기요."

태웅이 찌푸린 얼굴로 망설이다 끼어들었다.

"저희는 인력거 알바 아저씨 찾으러 온 건데요. 역사 체험하러 온 게 아니라요. 그리고 초대받은 적도 없고요."

수염 아저씨가 검지를 추켜올리며 씩 웃었다.

"그게 바로 초대죠. 인력거는 손님들께 저희가 보내 드린 리무진이라고 생각하시면 됩니다."

수염 아저씨가 여전히 불퉁한 얼굴의 태웅에게 눈을 찡긋하며 설명을 이어갔다.

"그렇다면 왜 역사에 무관심해지느냐! 혹시 역사라는 게 저 박물관 속에 모셔진 유물이나 오래된 책 속에 잠들어 있는 거라고 착각하지는 않습니까? 지금 우리가 사는 오늘도 내일이면 역사가 되는 거죠. 우리는 날마다 역사적 순간을 살아가는 겁니다. 오래전 역사라는 것도 결국 그 시대를 열심히 살았던 사람들의 이야기인 거죠. 특별 역사 체험관 개발팀은 바로 이 점에 착안해서 이 장치를 만들었습니다. 현재의 인물이 과거 속으로 뛰어 들어가 당대 사람들과 함께 그 시대를 몸으로 체험하며 과거와 직접 교류하는 겁니다."

"그러니까 가상 현실 체험인가요? VR카페 같은 거요?"

태웅이 묻자 수염 아저씨가 고개를 저었다. 그의 손끝을 따라 수레바퀴가 나타났다.

"불교에서는 수레바퀴가 끊임없이 구르는 것과 같이, 중생이 번뇌와 업에 의해 계속해서 생사 세계를 돌고 돈다고 하지요. 머리 위에 DNA 분석 장치가 보이시죠?"

"이 헬멧이요?"

"그건 헬멧이 아닙니다. 그 장치를 머리에 쓰면 당신의 머리카락으로 DNA를 분석하여 지나온 생을 추적하게 됩니다. 오랜 시간 동안 퇴적물이 쌓여 이룬 지층을 보면 옛날에 살았던 생물이 화석으로 남아 있는 것을 볼 수 있죠. 그것과 비슷한 원리입니다. 한 인간의 지나온 생을 화석처럼 기록하고 있는 유전자가 있다는 말 들어 보셨어요?"

라온이 눈을 빛내며 끼어들었다.

"전생 말이에요?"

수염 아저씨가 어깨를 으쓱했다.

"흔히 쓰는 용어로는 그렇지요. 하지만 이 장치의 특별한 점은 체험자가 현재의 인격과 기억을 그대로 가지고 과거로 간다는 것입니다."

태웅은 도대체 무슨 소리인지 모르겠다는 듯 머리를 긁적였다.

"과거로 가서 뭘 어떻게 한다는 거예요?"

수염 아저씨가 한 손을 들어 허공을 터치하자 'MISSION'이라고 쓰인 버튼이 나타났다.

"체험자에게는 미션이 주어지게 됩니다. 미션을 성공적으로 수행하면 체험 프로그램이 끝나게 되는 거죠."

"와, 짱이다. 나 이런 거 되게 좋아하는데."

라은의 반응에 태웅은 맥이 풀려 버렸다.

"난 전생 관심 없어. 궁금하면 너나 해."

"근데 나 조금 무섭단 말이야. 네가 먼저 해 보면 안 돼?"

라은은 태웅의 얼굴에 제 얼굴을 바짝 갖다 대고는 긴 속눈썹을 바르르 떨었다. 태웅은 속눈썹 속으로 빨려 들어가는 느낌이었다.

"아이 참, 난 이런 거 별론데. 어떻게 하면 된다고요?"

"DNA 분석 장치를 머리에 장착하고 나서 미션 버튼을 누르면 눈앞에 체험자 고유의 미션이 나타납니다. 눈을 감으면 잠에 빠지는 것처럼 잠깐의 의식 불명 상태에 놓이고 깨어나면 과거로 이동해 있을 겁니다. 미션을 성공적으로 수행하면 마치 잠에서 깨어나듯 다시 현재로 돌아오게 되는 거죠. 과거로 가면 미션 수행에 도움이 되는 힌트도 주어질 테니 너무 염려 마세요."

수염 아저씨의 말이 끝나자 동그란 DNA 분석 장치가 자동으로 내려와 태웅의 머리에 모자처럼 씌워졌다. 곧이어 나타난 미션 버튼을 누르자 태웅의 눈앞에 커다란 글자가 하나씩 천천히 지나갔다.

··· 그곳에서 네 자리를 찾아라 ···

“이게 도대체 무슨 소리야.”

태웅은 투덜대다가 옆에 바짝 붙어 앉아 있는 라은을 힐끗 보고는 말했다.

“일단 한번 가 보지 뭐. 내 자린지 뭔지 가 보면 알겠지, 뭐.”

태웅은 눈을 감았다. 머리에 쓴 DNA 분석 장치에서 삑삑거리는 기계음이 규칙적으로 들려왔다. 태웅은 자기도 모르게 깜빡 잠에 빠졌다.

3
이번 생은 폭망이다

태웅은 귀청을 때리는 기적 소리에 잠에서 깨어났다. 눈을 떠 보니 몸을 잔뜩 웅크린 채 차디찬 길바닥에 누워 있는 게 아닌가. 체험학습을 왔던 경성 거리였다. 라온이는 어디 갔지? 두리번거리던 태웅은 고개를 갸웃거렸다. 좀 이상했다.

'알바가 언제 이렇게 많아졌지?'

거리는 아까보다 훨씬 더 번잡해져 있었다. 기모노를 입은 여자들이 게다를 신고 또각거리며 지나가고 유행이 지난 큼직한 양복에 중절모를 쓴 남자들도 여럿 보였다. 갓을 쓰고 두루마기를 입은 남자들이며 양장에 모자로 멋을 낸 여자들도 지나갔다. 머리에 큰 광주리를 이고 지나가는 아주머니들은 하나같이 한복 차림이었다. 소가 끌고 가는 달구지도 보였고 군인 복장을 한 사람은 말을 타고 있었다. 주변 건물들이 아까보다 훨씬 더 크게 느껴지는 것도 이상했다.

'경성포목점'이라는 간판이 달린 상점 앞에서는 기모노를 입은 남자가 일본어로 손님을 부르고 있었고, 찜통에서 하얀 김이 나오는 만두 가게 앞에서는 꾀죄죄한 한복을 입은 어린 소년이 문에 찰싹 달라붙어 손가락을 빨고 있었다.

'엄청 실감나네. 꼭 진짜 같잖아?'

태웅이 속으로 감탄하고 있을 때 뒤통수에서 불이 번쩍 했다.

"전차 지나가는데 길바닥에 드러누워 있는 정신 나간 간나 새끼레 누군가 했더니, 비싼 밥 처먹고 할 일 없어 여기 뻗치고 있네?"

태웅이 눈에 쌍심지를 켜고 고개를 획 돌리자 허름한 한복에 상투를 동여맨 남자가 태웅을 보고는 화들짝 놀랐다. 그럼 그렇지, 사람을 잘못 보지 않고서야 감히 내 뒤통수를 때릴 리가.

"아저씨, 뭐예요?"

시간당 얼마 받는 알바인지 몰라도 이딴 식으로 손님 뒤통수를 후려치다니 내가 여기 매니저를 불러다 단단히 으름장을 놓으리라, 태웅은 생각했다.

"너, 너……!"

상투 알바는 너무 놀라 입을 다물지 못했다. 그 모습을 보자 태웅은 마음이 조금 누그러졌다.

"아저씨, 내가 특별히 매니저한테는 컴플레인 안 할 테니까, 앞으로는 사람 똑바로 보고……."

그때 태웅의 뒤통수에 또 한 번 불이 번쩍 했다.

"너 이 종간나 새끼레! 단발은 도대체 언제 한 거이야? 그 괴상망측한 옷은 또 뭐고? 이 새끼가 아주 그냥 막 나가기로 작정을 했고만 기래."

태웅은 눈을 부라리며 소리를 쳤다.

"아니 이 아저씨가 미쳤나? 사람 잘못 봤다고요!"

"사람을 잘못 보긴 뭐이를 잘못 봐. 어젯밤에 또 술 처먹고 뻗은 거네? 아이고, 삼촌도 못 알아보고 이 새끼레 아주 맛이 갔네 갔어. 저런 것도 아들이라고 믿고 사는 우리 누이만 불쌍하지 고저."

"삼촌은 누가 삼촌이라 그래요. 저는 여기 체험 학습 온 고등학생……."

"신식 학교래 보내 놨드니만 하라는 공부는 안 하고 겉멋만 들어 가지구서리. 날래 따라오라우."

상투 알바가 태웅의 귀를 낚아채는 바람에 태웅은 질질 끌려갈 수밖에 없었다.

"아저씨, 어디 가는 거예요? 아야야, 이것 좀 놔요."

그런데 거리의 모습이 어쩐지 낯이 익었다. 전찻길과 한자로 된 간판이 달린 이층 건물들이 즐비한 번화가를 벗어나자 넓은 들판이 펼쳐져 있고 드문드문 초가집이 눈에 띄었다. 눈앞에 펼쳐진 풍경은 마치 오래 전 꿈에서 본 듯이 익숙했다. 이 초가집을 끼고 돌면 커다란 기와집이 나오는데, 아, 정말이다.

그제야 태웅의 머릿속에 검은 천막과 홀로그램 속 수염 아저씨가 떠올랐다. 서, 설마……이거 진짜 전생 체험이야?

"아저씨, 지금이 몇 년도예요?"

"이 새끼레 무신 말을 하는 거네?"

"그러니까 지금이 몇 년도냐고요. 아참, 그때는 서기를 안 썼지. 그럼 지금이 언제인지 어떻게 알지?"

"종간나 새끼레 아직도 잠이 덜 깬 거이야?"

아까 거리 모습으로 봐서는 일제 강점기 같은데 도대체 언제야. 담임이 역사 시간에 강조하던 연도가 떠올랐다.

"수능에 연도 같은 건 안 나오는데 뭐 하러 외웁니까?"

삐딱한 준서의 질문에 담임은 대답했었다.

"중요한 역사적 사건이 일어났던 대강의 연도를 파악하고 있어야 시대의 흐름을 알 수 있으니까. 자, 삼일 만세 운동은 1919년. 아이구아이구 하고 외우면 쉽지."

역시 담임의 말이 옳았다. 지금이 몇 년도인지 알아야 거기에 맞춰 행동할 수 있을 것 같았다.

"저기요, 그 만세 운동 있잖아요. 아우내 장터에서 막 대한 독립 만세……."

상투 알바, 아니 전생에서의 태웅이 삼촌은 눈알이 튀어나올 듯 커다래지더니 우악스럽게 태웅의 입을 틀어막았다.

"너 이 새끼레 진짜 오늘 뭐 잘못 먹었네?"

"케켁, 이, 이거 좀 노, 놓고."

삼촌은 호들갑스럽게 좌우를 살피더니 태웅의 멱살을 쥐었다.

"왜 안 하던 소리까지 하고 그러네. 쥐도 새도 모르게 잡혀가서 뒤지고 싶네?"

삼촌의 반응을 보고 태웅은 짐작했다. 아, 삼일 운동은 이미 지났

나 보다. 그렇다면 일단 1920년대 이후겠구나 싶었다.

삼촌이 태웅을 끌고 들어간 곳은 어마어마하게 커다란 기와집이었다. 성곽같이 높은 돌담을 끼고 있는 대문으로 들어서니 드넓은 터에 한눈에 보기에도 수십 칸은 족히 될 법한 사랑채가 늘어서 있었다. 그러면 그렇지. 나 차태웅은 전생에도 역시 부잣집 도련님이었군. 아, 정말 이놈의 운발. 태웅이 사랑채 쪽으로 올라가려 하자 삼촌이 태웅의 뒷덜미를 낚아챘다.

"어디 가네? 네 방으로 가야지."

삼촌에게 질질 끌려간 곳은 행랑채로 보이는 허름하고 작은 방이었다. 문을 열자마자 고린내가 훅 끼쳐 왔다. 천장에는 메주가 잔뜩 걸려 있고 방 한구석에는 누군가 꼬다 만 새끼가 널브러져 있었다. 태웅이 기가 막혀 벌어진 입을 채 다물지도 못하고 있는데 방문이 세차게 열렸다. 트레머리를 하고 한복을 입은 나이든 여인이 쭉 찢어진 눈을 못마땅한 듯 찡그리고 서 있었다.

"태웅이 너! 머리는 어디서 그런 거야? 아이고, 내가 못 살아. 대감마님이 보시면 경을 치시겠네. 어젯밤엔 또 어디서 뭘 하느라고 집에도 안 들어오고. 고보 들어갈 날도 얼마 안 남았는데 그러고 다니면 어떡하니. 네 형님은 아침부터 공부한다고 책보 들고 나가더라. 어떡하든 대감마님 눈에 들려고 노력해도 모자랄 판에!"

형님? 대감마님? 태웅은 눈을 굴리며 이게 어떻게 된 상황인지 파악하려고 애를 썼다.

"네가 맨날 놈팽이 짓만 하고 다니니 사람들이 손가락질하지 않니. 안 그래도 첩년 자식이라고 무시당하는 거 서럽지도 않니? 미리미리 준비를 하고 있어야 기회가 오면 잡을 수 있다고 이 에미가 그렇게도 누누이 일렀거늘."

'첩년 자식? 그러니까 내가 이 기와집 도련님이 아니라 서자인 거야?'

"누이, 그만하슈."

삼촌의 만류에 어머니는 혀를 차며 문을 닫았다.

"뱃속에 들어선 저거 하나 믿고 대감마님 따라 살림 차렸는데. 저게 내 속을 이렇게 썩일 줄이야. 이럴 줄 알았으면 송도에서 기생 노릇이나 계속하는 건데. 아이고, 내 팔자야."

헐. 기생? 우리 엄마가 기생 출신에 첩이었어! 태웅은 그 자리에 주저앉고 말았다. 캐릭터 완전 잘못 골랐네, 젠장. 이번 생은 폭망이다.

저녁 무렵 마당에서 어슬렁거리다가 태웅은 대감마님이라는 전생 아버지와 마주쳤다. 대청마루에 버티고 선 풍채 좋은 노인은 태웅을 보자 투블럭으로 쳐 올린 태웅의 머리카락을 기다란 담뱃대로 가리키며, "저, 저, 저……!" 할 뿐, 말을 잇지 못했다.

태웅은 '신체발부수지부모'를 최고의 가치로 여기는 20세기 초반 노인에게 백여 년 뒤 유행할 헤어스타일을 어떻게 납득시켜야 할지 몰라 머뭇거리고만 있었다.

"저, 그러니까 그게, 아버, 아니, 대감마님."

"네 이노옴!"

노기 어린 호통이 터져 나왔다.

"네가 감히, 조상님이 주신 머리카락을! 네 아무리 첩의 자식이라 해도 우리 양씨 집안 핏줄이거늘!"

양씨? 하필이면 왜 양씨야. 노인이 한달음에 뛰어내려와 인상을 쓰고 있는 태웅의 머리채를 휘어잡고 담뱃대를 휘둘렀다. 으악! 아무리 아버지라도 이건 아동학대라고요.

"아버님, 고정하시지요."

등 뒤에서 단정한 목소리가 날아와 허공을 가르는 담뱃대를 멈춰 세웠다.

"태웅이가 한발 앞섰군요. 진작 말씀드리려고 했는데 실은 저도 고보 입학 전에 단발을 하려고 했습니다."

아버지의 눈이 함지박만 해졌다. 태웅은 때마침 등장해 준 아군이 누군지 몰라도 반가웠다.

"그러는 게 여러모로 좋습니다. 총독부에서는 이미 오래전부터 단발을 권하지 않습니까. 총독부에서 하라는 대로 따르는 편이 아버지께서 하시는 사업에도 유리할 테고요."

아버지는 갑자기 헛기침을 하며 뒷짐을 지고는 말했다.

"큼큼, 신식교육 받는 장손의 뜻이 그렇다니 나는 더 할 말 없다."

오호, 상황이 한 방에 정리됐네. 내 형님인가 본데 제법 똑똑하군. 뒤돌아본 태웅은 다시 한 번 머리카락을 쥐어뜯을 수밖에 없었다.

'양종욱이잖아! 저 자식이 여기에 왜! 으아~. 나 다시 돌아갈래!'

4
뒤집힌 서열

퀴퀴한 냄새가 나는 방에 들어앉아 태웅은 벽에 머리를 쿵쿵 찧었다. 전생 체험은 왜 한다고 해 가지고! 태웅은 컴컴한 천막 속에서 수염 아저씨의의 설명을 듣던 때를 떠올렸다.

"맞다, 힌트! 미션 수행을 위한 힌트가 있다고 했지."

태웅은 바지 주머니를 뒤졌다. 주머니 속에서 꼬깃꼬깃 접힌 종이가 하나 나왔다.

〈생즉필사 사즉필생(生卽必死 死卽必生), 살려고 하면 반드시 죽고 죽으려고 하면 반드시 살 것이다.〉

"이게 무슨 힌트야! 젠장!"

태웅이 다시 벽에 머리를 쿵쿵 찧고 있는데 방문이 열리더니 삼촌이 들어왔다.

"네레 뭐 하고 있네, 비싼 밥 처먹고서. 이거나 받으라."

"이게 뭐예요?"

“뭐긴 뭐이야, 며칠 있으면 경성고보 입학식이지 않네? 그때 입을 교복이야.”

태웅은 삼촌이 건네준 검은 교복과 모자를 꺼내 보았다. 박물관에서 본 것과 똑같은 교복이었다.

“마님이 은인이지 않갔네. 내 누이지마는 춘실이 그거이, 순 여시 같은 기집이라 호시탐탐 마님 자리 노리는 거를 내도 알고 있는데 마님은 한결같이 니를 생각해 주시니 알다가도 모를 일이지비. 시앗을 보면 돌부처도 돌아앉는다 기러는디, 소실 자식인 니가 뭐이가 이쁘다고 기레 역성을 들어 주시고 도련님이랑 같이 고보까지 보내 주시는지. 태웅이 니 마님 은혜 잊으면 사람도 아이야, 알간?”

마님이라면 종욱이 그 자식 모친인가. 태웅은 속으로 이를 갈았다. 나는 첩의 자식이고 양종욱 그 자식이 정실 자식이라니. 게다가 내 형님이라고? 쳇. 도련님은 무슨.

혹시나 해서 미끼를 던져 보았지만 종욱은 현생에 대해 전혀 모르는 것 같았다. 이건 내 전생 체험이니까 나만 현생의 기억을 가지고 있는 건가. 태웅은 그렇게 정리를 끝냈다. 기억을 하든 못 하든 너 양종욱은 쭈그리고 대장은 바로 나 차태웅이라고. 전생에서는 세팅이 좀 불리하게 되었지만 내가 다시 바로잡아 주지. 우리의 위치를 말이야! 태웅은 속으로 다짐했다.

며칠 뒤, 입학식 아침 검은 교복에 교모를 눌러쓰고 태웅이 나오자 방 밖에서 기다리고 있던 춘실은 옷고름으로 눈물을 찍어 댔다.

“내 아들 태웅이가 고보 학생이 되다니. 태웅아, 대감마님 은혜에 감사해하면서 공부 열심히 해야 한다. 알겠지?"

태웅은 건성으로 고개를 끄덕이고는 안채 쪽을 힐끔거렸다. 종욱이 제 어머니인 안방마님에게 인사를 드리고 나오는 모양이었다. 종욱은 제 말대로 머리카락을 짧게 자른 모습이었다.

"너도 어서 도련님 따라가서 대감마님께 인사 드려야지."

춘실이 태웅의 등을 떠밀었다.

태웅은 못마땅해서 고개를 푹 숙이고 종욱의 뒤를 따라갔다. 사랑채에 들어서는 종욱의 뒤를 따라 방에 들어서려던 태웅의 뒷덜미를 삼촌이 낚아챘다.

"어딜 따라 들어가? 넌 여기 꿇어앉아 인사드려."

삼촌이 마루를 가리켰다. 젠장!

"종욱아, 경성 최고의 학교에서 고등 교육을 받게 되었으니 열심히 정진해서 우리 양씨 가문의 이름을 빛내야 한다."

"예, 아버님. 명심하겠습니다."

종욱이 큰절을 하자 아버지는 흐뭇하다는 듯이 수염을 쓸었다. 태웅도 엉겁결에 따라서 큰절을 했다. 아버지는 그제서야 태웅을 힐끔 보더니 한마디 덧붙였다.

"태웅이 너도, 늘 행동거지를 조심해라. 더 이상 집안에 누를 끼쳐서는 안 될 것이야!"

종욱을 대할 때와는 말투도 눈빛도 완전히 달랐다. 태웅은 아무 정도 없는 아버지건만 서운한 마음이 들었다.

종욱은 대문 앞에 기다리던 인력거에 올라탔다.

나는? 걸어가란 말이야? 길도 모르는데. 태웅이 툴툴거리는데 건너편 신식 양옥의 대문이 열리더니 검은 교복을 입고 검은 모자를 쓴 남학생이 나왔다. 모자 가운데에 '중(中)'이라는 글자가 눈에 띄었다. 그걸 보고 태웅은 남학생이 일본인이라는 걸 알아차렸다. 아직 학제가 통일되기 전이라 조선인과 일본인 학생들이 진학하는 학교가 서로 달랐던 것이다. 태웅이 기억하기로 중학교는 일본인 학생들이 다니던 고등 교육 기관이었다. 남학생이 종욱을 보더니 다가왔다.

"양종욱, 경성고보 입학을 축하한다."

일본어로 말했지만 어쩐 일인지 태웅도 쉽게 알아들을 수 있었다. 종욱이 남학생을 향해 말했다.

"히로아키 준페이, 넌 경성중 입학인가? 축하한다."

둘의 눈빛이 공중에서 부딪치며 불꽃이 튀었다. 둘 다 태웅은 안중에도 없는 듯했다.

뭐야, 저 새낀 또? 일본인이면 다야? 투덜거리며 남학생을 살피던 태웅은 너무 놀라 들고 있던 가방을 놓칠 뻔했다. 검은 모자 아래 비열하게 빛나는 눈빛, 한쪽 입 꼬리만 치켜 올라간 비웃음, 준페이는 자칭 차태웅의 오른팔이던 김준서였다!

"너, 너……!"

준서, 아니 준페이는 태웅을 힐끔 보고는 다시 종욱에게 눈을 돌렸다. 관심 없는 눈초리에 태웅은 화가 치솟았지만 어쩔 수 없었다. 일제 강점기, 저 자식은 무려 일본인, 나는 조선인, 거기에 차별받는 기생 첩의 자식. 이런 젠장! 내 발 밑에서 알랑거리면서 비위나 맞추던 게 감히 나 차태웅을 무시해!

태웅이 열 받아서 팔짝 뛰는 동안 인력거를 탄 두 도련님들은 벌써 사라져 버렸다. 이런 제길! 태웅은 어쩔 수 없이 전차를 타러 시내 방향으로 걷기 시작했다.

입학식은 끔찍했다. 운동장에 정렬해 교장의 훈화를 듣는 건 가끔 하던 운동장 조회와 비슷하지만 분위기가 완전히 달랐다. 학생들은 자로 잰 것처럼 한 치의 어긋남도 없이 도열해 있었다. 입학식이나 졸업식 때 시끄럽게 떠들거나 심지어 돌아다니기까지 하던 신기고 학생들을 떠올리며 태웅은 다른 세상에 와 있는 게 실감났다. 경성고보 학생들은 숨도 쉬지 않는 것처럼 보였다. 태웅도 검은 제복을 입고 돌아다니는 매서운 교사들의 눈초리에 바짝 긴장할 수밖에 없었다.

일본인 교장 고쿠보는 단상에 올라 거만한 표정으로 학생들을 내려다보았다.

"지금 이 자리에 있는 학생들은 내선공학을 주창하신 천황폐하의 은혜로 대일본제국과 동일한 고등교육을 받게 된 영광을 잊지 않아야 한다. 나는 아무리 미개하고 야만적인 조선인이라도 교육을 통해 개화시킬 수 있다는 믿음을 버린 적이 없다. 다시 태어나는 심정으로 조선인의 썩어 빠진 정신을 버리고 몸과 마음을 다 바쳐 배움에 힘쓴다면 너희도 대일본제국의 위대한 신민으로 거듭날 수 있다. 만약 천황폐하의 은혜를 저버리고 불량한 행동을 하는 자가 있다면 아국의 군대를 풀어서라도 전멸시킬 것이다. 알겠나!"

고쿠보 교장의 한마디 한마디가 태웅의 가슴에 불을 질렀지만 공기마저 얼어붙은 삼엄한 분위기에서 감히 나설 수는 없었다.

교실에 들어와 시간표를 보니 조선어 시간이 있기는 있었다. 알고는 있었지만 '국어' 시간에는 일본어를 배우고 우리말과 글인 조선어는 마치 제2외국어 배우듯이 일주일에 한 시간만 배우게 된다니 기가 막혔다.

그래도 아직 조선어 시간이 있는 것을 보니 일제 말기는 아닌 것 같았다. 일제가 민족말살정책을 폈던 일제 말기에는 학교에서는 물론 학생들끼리도 서로 조선어를 쓰지 못하게 감시하게 했다는 담임의 말이 기억났다. 교사들도 제복은 입었지만 칼은 차지 않았다. 태웅은 국사 시간에 배웠던 내용을 떠올리며 지금은 문화통치기에 해당하는 1920년대에서 30년대 초 사이일 거라고 생각했다. 휴, 다행이다. 당분간 학도병으로 전쟁에 끌려 나갈 일은 없겠군.

태웅은 곰곰 생각에 빠졌다. 수염 아저씨는 이 세계에서 내 자리를 찾아야 다시 현생으로 돌아갈 수 있다고 했다. 그런데 무슨 자리를, 도대체 어디 가서 어떻게 찾는단 말인가. 가뜩이나 적성에 안 맞게 생각하느라 머리가 아파 죽겠는데 뜬금없이 양종욱, 김준서까지 나타나서 더 골치 아프게 할 건 뭐람.

아, 혹시! 머리카락을 쥐어뜯던 태웅의 머릿속에 반짝, 불이 켜졌다. 그게 열쇠가 아닐까? 양종욱과 김준서가 내 전생까지 따라온 것! 그 자식들은 누가 뭐래도 내 밥이었다. 그런데 전생에 와 보니 한 녀석은 우리 집안을 차지한 형님, 또 한 녀석은 우리나라를 차지한 일본인이다. 나 차태웅의 미션은 이 뒤집힌 서열을 바로잡는 게 아니겠어? 양종욱과 김준서, 아니 준페이라는 자식을 다시 내 밥으로 만드는 것. 잃어버린 나의 정당한 위치를 되찾는 것! 바로 그것이다.

태웅은 만족스러운 미소를 지으며 두 다리를 책상 위에 올려놓았다. 자 이제 '무엇'은 해결했고 문제는 '어떻게'다. 태웅이 다시 생각 속으로 빠져드는데 둔탁한 것이 날아와 태웅의 머리를 때렸다. 발밑을 내려다보니 빗자루 하나가 나동그라져 있었다.

"에이 씨, 뭔데?"

서너 명의 교복이 팔짱을 낀 채 태웅을 향해 비웃음을 던지고 있었다.

"양태웅, 청소 시간이다."

태웅이 인상을 확 썼다.

"너 집에서 많이 해 봤을 거 아니야. 어서 빗자루로 바닥 쓸고 걸레질 좀 해라. 우리는 그런 걸 통 안 해 봐서 말이야."

"참 근대화가 좋긴 좋아. 기생 첩 자식도 버젓이 양반 가문 자제들하고 공부를 다 하고."

"내가 기를 쓰고 들어온 고보에서 기생 첩 자식이랑 동문수학하게 될 줄이야. 우리 아버님 아시면 뒤로 넘어가실 텐데."

이 자식들이 지금 나를 경성고보 쭈그리로 만들려는 거잖아. 조상님이라고 좀 봐주려고 했더니 안 되겠네.

태웅은 모자를 벗어 한 손에 거머쥐고는 번개처럼 교복들을 향해 주먹을 날렸다. 방심한 교복들은 새빨간 피가 뚝뚝 떨어지는 코를 감싸 쥐고는 이리저리 쓰러졌다.

그날 저녁, 태웅은 헛간에 갇혔다. 두 손목을 줄에 꽁꽁 묶인 채로 죽지 않을 만큼 얻어맞은 뒤였다. 말로만 듣던 멍석말이는 무서웠다. 집안 하인들은 진노한 대감마님의 호령에 맞추어 멍석에 말린 태웅을 닥치는 대로 때리고 밟았다. 이렇게 죽는구나. 미션 수행도 못하고 죽으면 영영 현생으로 돌아갈 수 없을 텐데. 태웅은 정신이 아득해지는 걸 느꼈다.

"그만하시지요, 대감. 저러다 정말 애 잡겠습니다."

게슴츠레 눈을 떠 보니 곱게 쪽을 짓고 한복을 입은 여인이 보였다. 저분이 안방마님이라는 안씨 부인인가.

"내 저 녀석 사람 안 될 줄 알고 있었지만 당신 말 듣고 고보에 보내 놓았더니, 첫날부터 양반 댁 자제들을 피죽을 만들어 놓아! 그 집안이 다 내 고객들인데 이제 어쩔 것이오!"

"저 아이도 무슨 연유가 있었겠지요."

"연유는 무슨 연유! 다시는 주먹 자랑 못 하게 병신을 만들어 놓아라!"

발길질이 쏟아졌고 태웅은 점점 정신을 잃어갔다.

태웅은 꿈속을 헤맸다. 하얀 들꽃이 가득 핀 들판에서 태웅은 라은의 손을 잡고 걸었다. 갑자기 라은이 손을 뿌리치더니 뛰기 시작했다. 태웅은 따라 뛰었지만 라은은 점점 멀어져만 갔다. 라은아! 안개 속으로 사라졌던 라은의 뒷모습이 희미하게 보였다. 안개가 걷히며 점차 형체는 뚜렷해졌다. 라은은 웬 남자의 품에 안겨 있었다. 누, 누구? 검은 모자를 눌러쓴 남자가 천천히 고개를 들었다. 너, 넌! 종욱이 눈을 번뜩이며 웃었다. 그러자 얼굴은 다시 준서로 변했다. 김준서! 이 비열한 자식. 태웅은 이를 갈았다. 김준서라니, 난 준페이야. 일본 사람이라고. 양태웅 이 조센징 빠가야로!

태웅은 식은땀을 흘리며 깨어났다. 누군가 물수건으로 이마를 닦아 주고 있었다.

"이제 좀 정신이 드냐?"

어디서 많이 들어 본 목소리였지만 몽롱한 탓에 누구인지 알 수 없었다. 태웅은 눈을 떠 보려 했지만 퉁퉁 부은 눈은 좀처럼 떠지지 않았다.

"배고프지 않아? 너 스무 시간도 넘게 잤어."

태웅의 입에 숟가락이 와 닿았다. 고소한 쌀죽 냄새를 맡으니 갑자기 허기가 몰려왔다. 태웅은 허겁지겁 쌀죽을 퍼먹었다. 입을 벌릴 때마다 찢어진 상처가 아팠다. 쌀죽 한 그릇을 쓸어 넣고 나자 다시 온몸이 떨리며 욱신거렸다.

"더 자라. 잠이 보약이다."

그가 태웅의 몸에 이불을 덮어 주었다. 고마워. 태웅은 중얼거리며 다시 잠 속으로 빠져들었다.

시간이 얼마나 갔을까. 태웅은 끼니마다 삼촌이 가져다주는 음식을 싹싹 긁어먹으며 기운을 차려 갔다.

"대감마님이레 너한테 음식 넣어 주었다간 경을 친다고 하셨지만 안방마님이 나서서 그래도 핏줄인데 조상님이 노하신다고 말리시지 않갔어. 태웅아, 안방마님 은혜에 감사할 줄 알아야 사람이야. 너, 삼촌 말 무슨 말인지 알아듣갔네?"

태웅은 건성으로 고개를 끄덕였다.

"너 이 종간나 새끼레 어데 가서 또 주먹 자랑만 해 보라우. 내가 가만 안 두갔어. 알갔어?"

"근데 저 언제까지 여기 있어야 돼요?"

"이 새끼레, 이제 살아났구나. 좀만 더 버티고 있어 봐, 동양척식 주식회사 히로아키 상 있지 않네? 대감마님이 오늘 저녁에 그분이랑 계약인가 한다고 기랬어. 그거이 잘 풀리믄 니 에미가 가서 부탁해 본다고. 그러니 니는 고저 죽은 듯이 탁 엎어져 있으라우."

이내 잠들었던 태웅은 두런거리는 소리에 잠이 깼다. 희미한 달빛이 비치고 있었다. 내용을 알아들을 수는 없었지만 남자와 여자의 목소리가 번갈아 들려왔다. 달밤에 헛간에서 정분난 두 남녀가? 태웅은 소리를 내서 산통을 깰까 봐 조심하며 살금살금 쌓아올린 볏짚 위로 기어 올라갔다.

나무 틈으로 내다본 밖의 풍경은 그러나, 뜻밖이었다. 남의 눈을 피해 이곳까지 와서 속닥거리고 있는 남녀는 다름 아닌 태웅의 생모 춘실과 준페이였던 것이다. 태웅은 당혹스러웠다. 저 둘이 무슨 일로? 태웅은 가만히 귀를 기울였다. 춘실은 애원조로 이야기하고 준페이는 윽박지르고 있었다.

"이번엔 틀림없다니까."

“그 틀림없다는 소리는 도대체 언제부터 하는 거야! 여태 아무것도 알아낸 게 없잖아!”

“홍서방 그놈이 올 날이 멀지 않았어. 그놈이 칼자루를 쥐고 있다니까. 워낙 쥐새끼 같은 작자이긴 하지만 이번엔 틀림없이 뒤를 캐고 말 테니까 조금만 더 기다려 줘.”

“약속한 돈은 그때 가서 주겠어. 큰 걸 물어오면 크게 보답하겠지만 그렇지 않았을 땐 각오하는 게 좋을 거야.”

홍서방이 누구지? 약속한 돈이라고? 태웅은 혼란스러웠다. 어머니와 준페이가 뭔가 거래를 한 모양인데 도대체 무슨 말인지 알 수가 없었다. 갑자기 다리에 힘이 풀리며 볏짚에 풀썩 주저앉고 말았다. 밖의 남녀는 갑작스러운 소리에 화들짝 놀라더니 다른 방향으로 서둘러 흩어졌다.

5
네가 싫은 이유는

다행히 히로아키 상과 대감마님의 계약이 잘 풀린 덕에 태웅도 헛간에서 풀려나서 다시 학교에 다닐 수 있었다. 한 번 더 주먹을 쓰면 호적에서 파 버리고 멍석말이를 해서 사대문 밖에 내다 버려도 좋다는 약조를 하고서였다. 매운 주먹맛을 본 급우들도 더는 태웅을 건드리지 않아서 태웅은 전생에서의 서열을 바로잡는 미션에 마음 놓고 몰두할 수 있었다. 하지만 조선 오백여 년을 이어 내려온 적서차별과 엄중한 식민지 상황을 어떻게 뒤집을 수 있단 말인가. 태웅은 하릴없이 시간만 까먹으며 애를 태웠다.

일제 강점기 고딩 노릇이란 상상을 뛰어넘는 극한 체험이었다. 태웅은 수업 시간마다 치밀어 오르는 분노를 참고 또 참았다. 고쿠보 교장은 수신 시간마다 교실에 들어와 버러지 같은 조센징들에게는 매가 약이라는 둥, 군대를 풀어서 잡아 족쳐야 한다는 둥 망언을 일삼았다. 수신 시간은 일종의 도덕 교과 시간이었다.

특히 일본의 역사를 배우는 국사 시간은 최악이었다. 역사 교사인 스에마쓰는 두꺼운 안경을 쓰고 제법 학구적인 척하는 인물이었는데, 일제의 조선 침략을 하늘의 뜻이자 정해진 순리라고 주장하면서 일제가 조선을 지배해 주는 것은 조선의 근대화와 발전을 위해 더없이 고마운 일이라고 강조했다.

"조선인들의 국민성을 보면 왜 조선이 망했는지 답이 나온다. 게으르고 시간 관념도 없고 교활하기 짝이 없는 종족이지. 근면함의 상징인 우리 대일본제국이 지배해 주지 않았다면 조선은 서구 열강에 짓밟히고 조선인들은 흑인들처럼 모두 노예로 팔려 갔을 것이다. 조선 땅에 놓인 철도와 수많은 공장들을 보란 말이다. 일본이 아니었으면 조선인들은 지금도 흙이나 파먹으며 버러지같이 살고 있을 거다. 그런데 일부 조센징들은 대일본제국과 천황 폐하의 은혜에 감사하기는커녕 불평불만만 늘어놓고 있지. 일본인과 조선인을 차별한다고? 아니, 미개하고 무지한 조선인을 가르치고 도와주러 이 척박한 땅에 와서 고생하는 일본인에게 그만한 대우도 안 해 주나? 이러니까 조센징이 염치없다는 소리를 듣는 거다."

조선인 교사라고 해서 다를 것은 없었다. 교묘한 언술로 학생들에게 영향력을 미치는 것은 오히려 일본인 교사들보다 더했다. 교육과정상 조선어 시간에는 조선의 역사와 지리도 함께 배우게 되어 있었다. 하지만 조선어를 가르치는 교사 강승필은 일주일에 한 시간밖에 없는 수업 시간마다 일제의 논리를 선전하기에 바빴다.

"한일 양국의 합일은 하늘의 뜻으로 조선인들도 양해하고 있는 것이다. 하지만 내심 일본의 치하에 있다는 것을 못마땅하게 여기는 자들은 민족자결주의를 내세워 무지몽매한 사람들을 선동하는 반국가적 언동을 일삼고 있다. 특히 나이 어린 학생들이 이런 잘못된 주장에 부화뇌동한다면 무고한 희생만 치르게 될 뿐이다."

밤송이처럼 삐죽한 머리를 한 학생이 손을 들고 일어났다. 제법 당차 보였다.

"하지만 지난 만세 운동 이후 임시정부가 수립되었고 수많은 사람들이 독립을 위해 노력하는 것이 사실 아닙니까? 무고한 희생이라고만 말할 수 있습니까?"

교실에 있는 학생들 모두 숨을 죽였다. 강승필은 벼락이라도 맞은 것 같은 얼굴로 밤송이를 노려보았다. 잠시 뒤 그는 교단에서 내려오더니 천천히 밤송이를 향해 다가갔다. 구둣발 소리가 교실에 울렸다. 강승필은 밤송이의 왼쪽 가슴에 새겨진 이름을 힐끔 보더니 낮은 목소리로 말했다.

"박성철! 내 말 똑바로 들어라. 세계 정세가 그들의 말처럼 이상적으로 흐를 것 같나? 그들 말대로 조선이 독립된다면 내 손에 장을 지지겠다! 일본이 얼마나 강력한지를 모르고서 그렇게 떠든다면 무지한 것이고, 알고도 그런다면 조선 민족을 기만하는 것이다. 민족자결주의 좋아하시네. 그것도 다 힘 있는 자들의 논리일 뿐이다. 전쟁에서 승리한 자들이 차지하고 있던 나라들은 하나도 독립하지 못했다. 전쟁에 패배한 나라에서 식민지를 빼앗아오기 위한 술수에 불과하단 말이다!"

강승필은 지휘봉으로 박성철의 가슴을 꾹꾹 누르며 말했다.

"너처럼 순진한 생각을 가진 인간들 때문에 결과적으로 조선 민족이 얼마나 더 많은 피를 흘리게 될지 생각이나 해 봤나? 조선 민족이 살아날 길은 일본에 동화되는 것뿐이다. 조선의 독립을 계획하는 것은 대의를 어그러뜨리는 짓이라는 걸 명심해라! 알겠나!"

박성철의 눈은 분노와 답답함으로 이글거렸지만 반박할 말을 찾지 못하고 털썩 자리에 주저앉고 말았다. 강승필은 박성철의 귀에 대고 조용히 속삭였다.

"독립이니 민족이니 그딴 건 개나 줘 버려. 안 그럼 후회하게 될 거다."

수업이 끝나고 강승필이 나가자 학생들이 삼삼오오 모여 앉았다. 성철의 짝 영석이 호들갑스럽게 말했다.

"후회하게 될 거라니 그게 무슨 소리지?"

급장이 툭 나섰다.

"퇴학시킨다는 뜻 아닐까?"

"뭐? 성철이가 무슨 잘못을 했다고 퇴학이야?"

눈을 동그랗게 뜬 영석에게 급장이 몰랐냐는 표정으로 말했다.

"얼마 전에 삼학년 선배 한 명이 퇴학당했잖아. 수업 시간에 이순신 장군을 존경한다고 말했다고. 강승필이 교장한테 고발해서 바로 끽."

급장은 손으로 제 목을 치는 시늉을 했다.

"그런 걸로도 퇴학을 시킬 수 있어?"

"유시퇴학이라나, 그런 게 생겼대. 교장이 딱 보기에 저놈 앞으로 사고 칠 것 같다하는 판단이 서면 마음대로 퇴학시킬 수 있대."

"그런 게 어디 있어?"

"어디 있긴, 식민지 조선에 있지."

급장의 자조 섞인 한탄에 모두들 한숨을 내쉬었다. 가만히 듣고만 있던 형욱이 주뼛거리며 입을 열었다.

"그런데 말이야, 〈일본사기〉에 보면 일본이 이미 천오백 년 전에 백제와 신라를 격파하고 신민으로 삼았다는 기록이 나오잖아. 역사적으로 일본이 조선보다 무력에서나 문화적인 면에서나 늘 앞서 왔던 건 사실 아니야?"

수업 시간 내내 강승필의 말을 들으며 한마디 끼어들고 싶은 충동을 간신히 참고 있었던 태웅은 제법 똑똑하다는 양반댁 도련님 형욱이 자못 진지하게 나오자 마침내 폭발했다.

"임나일본부설 말이야? 그거 다 구라라고! 학계에서도 공식적으로 폐기된 학설이란 말이야! 반만년 유구한 역사를 가진 우리 조선을 쪽바리 새끼들이 무력으로 강탈한 것도 모자라 역사적 진실까지 조작해?"

태웅은 가슴을 탕탕 쳤다. 학생들의 눈이 한꺼번에 태웅에게 쏠렸다. 태웅은 에라 모르겠다는 심정으로 말을 이어갔다.

"일본이 조선보다 문화적으로 앞서 왔다고? 웃기시네. 일본이 그렇게 자랑하는 도자기도 다 우리 조선 도공들 잡아다가 만든 거고, 옛날부터 우리 조선이 문화 전해 주지 않았으면 왜놈들은 진짜 미개하게 살았을 거야. 아, 그리고 니들 한글이 얼마나 위대한 글자인지 알아? 세계에서 가장 과학적인 글자야. 일본 글자 히라가나에 비교할 게 아니라고. 한글날 막 세계 언어학자들이 모여서 샴페인 터뜨리고 기념 파티하고 그런다고. 세종대왕은 또 얼마나 훌륭하고, 어? 이순신 장군의 거북선이 얼마나 대단한 건지 니들 아냐고!"

교실은 찬물을 끼얹은 듯 조용해졌다. 태웅은 담임 말 듣고 진작 역사 공부 좀 열심히 할걸, 속으로 뼈저리게 후회했다. 좌중을 감화시키고 싶은데 입에서 닥치는 대로 나오는 말은 스스로 생각해도 참 설득력이 떨어졌다.

적막을 깨고 입을 연 사람은 입학식 날 첩의 자식이라고 태웅을 무시하다 얻어맞은 김동수였다.

"양태웅, 너의 식견에 놀랐다. 널 서자라고 무시했던 것 진심으로 사과한다. 비록 신분은 낮지만 네 민족의식은 뛰어나구나. 나도 앞으로는 너처럼 우리 민족에 대한 자긍심을 가지고 살아야겠다."

태웅은 놀라서 주위를 둘러보았다. 태웅을 둘러싼 학생들의 굳은 얼굴에는 다짐과 결의가 빛나고 있었다.

헐.

태웅은 하마터면 입 밖으로 튀어나올 뻔한 그 한마디를 간신히 삼켰다.

수업을 마치고 나온 태웅이 옆구리에 책가방을 낀 채 흔들리는 전차에 몸을 맡기고 있을 때였다. 찢어지는 여자의 비명 소리가 태웅의 생각을 갈랐다. 본능적으로 소리 나는 쪽을 향해 달려가려던 태웅은 스스로를 타일렀다. 지금은 이럴 때가 아니지. 괜한 말썽에 휘말려 또 주먹을 썼다가는 내가 맞아 죽을 지도 몰라. 참자, 참아.

멀리서 보니 경성중 교복을 입은 일본인 학생 세 명이 댕기 머리 여학생을 가운데 놓고 희롱하고 있었다. 이럴 수가, 일본인 학생 중 하나는 준페이다. 주변의 어른들은 대개 일본인인지 어린 학생들의 장난이라는 듯 웃으며 지켜보고만 있었다. 고개를 돌리며 외면하는 한두 명은 조선인인 것 같았지만 괜스레 끼어들었다가 곤욕을 치르고 싶지 않다는 눈치였다.

"지금 내선일체를 부정하는 건가? 조선과 일본이 진정으로 하나가 되기 위해서는 조선 여자가 일본 남자 말을 잘 들어야지. 너랑 내가 몸을 섞으면 그거야말로 진정한 내선일체 아니겠어?"

준페이가 여학생의 어깨를 강압적으로 끌어당기며 말했다. 꺄악, 소리를 치며 여학생이 준페이를 떠밀었다.

"이게! 어디서 감히 조센징 따위가 대일본제국의 남자 몸에 손을 대!"

준페이가 여학생의 땋아 내린 머리카락을 우악스럽게 잡아당기더니 거침없이 따귀를 올려붙였다. 외마디 소리를 지르며 여학생이 바닥에 쓰러졌다. 그 와중에 여학생의 치마가 말려 올라가 하얀 종아리가 훤히 드러났다. 준페이와 일당들은 그것을 보고는 낄낄거리며 한마디씩 했다.

"한 대 맞고 나더니 제정신이 돌아오는 모양이지. 그래, 진작 그렇게 나올 것이지. 근데 지금 여기서 내선일체를 이루자는 거야?"

"뭐 못할 것도 없지만."

"그 조선 년 알고 보니 더럽게 밝히는군. 일본 남자가 그리 좋은 게냐."

태웅이 더 이상 참을 수 없어 그들에게 달려가려는데 앙칼진 목소리가 허공을 갈랐다.

"그만두지 못해요!"

감히 그 소동에 끼어든 건 흰 저고리에 검정 치마를 입고 책보를 옆구리에 낀, 사라은이었다.

"일본인이면 죄 없는 조선인에게 행패를 부려도 되는 겁니까?"

사라은 넌 또 왜 여기에! 갑작스러운 라은의 등장에 놀란 태웅이 머뭇거리는 사이, 준페이가 빙글거리며 라은에게 다가갔다.

"왜, 너도 내선일체에 관심 있어? 여기서 한번 보여 줄까? 엉?"

준페이가 라은의 손목을 비틀어 꺾자 라은이 고통에 찬 비명을 지르며 뒷걸음질 치다 그대로 주저앉았다. 그 순간 태웅은 폭발해 버렸다. 김준서 이 새끼! 감히 라은이한테!

번개처럼 주먹을 날리려는 순간, 종욱이 태웅을 가로막았다.

"다시는 주먹 안 쓰기로 아버님과 약조했잖아."

"저리 안 비켜? 내가 저 새끼들 다 죽여 버릴 거라고!"

"약속 안 지키면 또 멍석말이야. 넌 물러나 있어. 내가 한다. 준페이, 내리자."

"오호, 이게 누구야. 양대감 댁 도련님이잖아. 좋아, 내려서 한판 붙자.”

준페이와 종욱의 눈빛이 마주치며 불꽃이 튀었다. 둘은 전차에서 내렸다. 준페이 패거리도 따라 내렸다.

에이 씨, 왜 멋있는 역할은 지가 다 하는 건데! 태웅은 억울했지만 지금은 라은을 챙기는 게 우선이다. 쓰러져 있는 라은을 부축해서 일으켰다.

“라은아, 너 괜찮아?”

눈물 젖은 라은의 눈이 경계심으로 흔들렸다.

“저를 아세요?”

“아, 그게. 지금은 그게 중요한 게 아니고. 암튼 너 괜찮아? 안 다쳤어?”

“저는 괜찮습니다. 도와주셔서 고맙습니다.”

“안 되겠다. 너 집이 어디야? 내가 데려다줄게.”

라은은 옆에서 바들바들 떨고 있는 여학생의 어깨를 감싸 안으며 말했다.

“아니오, 저는 정말 괜찮습니다. 이 친구는 제가 챙길게요. 아까 그분을 도와주세요.”

“그분? 누구, 양종욱 말이야?”

“저쪽은 패거리가 여럿이던데 그분 혼자 많이 다치지 않을까 걱정이에요. 가서 도와주세요.”

여기서 라은과 헤어진다니 태웅은 마음이 찢어지게 아팠지만 걱정스러운 라은의 눈빛을 차마 외면할 수도 없는 노릇이었다. 태웅은 몇 번이나 뒤를 돌아보다 전차에서 뛰어내렸다. 이 자식들, 도대체 어디로 간 거야? 태웅은 전차가 지나온 길을 거슬러 뛰기 시작했다.

싸움이 벌어진 곳을 찾기는 어렵지 않았다. 번화가의 뒤에는 늘 후미진 골목이 있기 마련이니까. 종욱은 말 그대로 피떡이 되어 널브러져 있었다. 준페이가 종욱의 멱살을 쥐고 윽박질렀다.

"이 건방진 조센징 새끼! 네가 공부 좀 한다고 일본인만큼 출세할 수 있을 것 같아? 그래 봤자 넌 조센징이야. 결국 우리 대일본제국의 군홧발이나 핥으면서 살게 될 거라고!"

준페이는 축 늘어진 종욱의 어깨를 우악스럽게 눌러 자신의 앞에 꿇어 앉혔다.

"넌 자세가 글렀어. 조센징이면 조센징답게 꼬리 내리고 빌어먹는 개처럼 굴어야지. 어딜 인간인 척 동등하게 대접받으려고 들어! 넌 개야. 짖어, 이 개새끼야! 짖으라고!"

준페이는 종욱의 머리를 마구 후려쳤다.

"……히로아키 상, 네 아버지가 그러셨지."

종욱의 낮은 목소리에 준페이의 손이 허공에서 멈췄다.

"우리 일본에서는 자식이라고 무조건 가업을 물려주진 않는다. 더 출중한 능력이 있다면 핏줄이 아니라도 후계자로 삼는다. 그것이 대대로 가업을 번창시킬 수 있는 비결이다."

준페이의 눈에 시뻘건 핏줄이 이글거렸다. 종욱이 말을 이었다.

"그리고 덧붙이셨지. 종욱아, 너는 참 영특하구나."

준페이는 종욱을 노려보았다. 일그러진 입에서는 거친 숨소리만

나왔다. 종욱이 준페이의 눈을 똑바로 보며 말했다.

"조센징의 능력에 대해 히로아키 상께서는 너와 견해가 좀 다른 것 같던데……?"

"너 이 새끼, 뭐라고?"

준페이가 미친 듯이 종욱을 발로 차기 시작했다. 종욱이 쓰러지자 배와 등, 얼굴을 가리지 않고 마구 밟았다.

'저것들이 뭐라는 거야, 지금? 하여간 양종욱 저 새끼는 전생에 와서까지 지 하고 싶은 말은 꼬박꼬박 다 해요.'

태웅은 속으로 투덜거렸다. 얄미운 종욱이야 얻어맞든 말든 상관없지만 어쨌든 지금 상황은 조선인 하나가 일본인 여럿에게 일방적으로 당하고 있는 거다. 한일전 축구 경기에서 한 골만 먹어도 뚜껑이 열리는 판에 가만있을 수 없었다.

"그만!"

서부의 무법자들을 평정하는 정의의 보안관처럼 태웅은 싸움에 뛰어들었다. 그러나 보안관에게 총이 없다는 게 함정이었다. 곧이어 눈이 뒤집혀 있던 준페이와 나머지 두 명의 일본 학생들이 한꺼번에 달려들었다. 태웅은 번개 주먹과 이단옆차기, 날라차기 기술까지 선보였지만 혼자서 세 명을 상대하기는 역부족이었다. 태웅이 저 대신 성난 일본인들의 샌드백이 되어 주고 있는데 종욱은 도와주기는커녕 땅바닥에 드러누워 본 척도 안 했다. 내가 미쳤지. 저 재수 없는 새끼 그냥 맞게 놔두는 건데.

맞는 사람이야 말할 것도 없지만 주먹질을 계속하다 보면 때리는 사람도 힘든 법이다. 때리다 지친 준페이 일당은 마지막으로 침을 찍 갈기고는 자리를 떴다.

태웅과 종욱은 피투성이가 되어 골목길에 나란히 널브러졌다.

"괜찮냐?"

종욱이 먼저 물었다.

"아직 안 뒤졌냐?"

태웅이 받아쳤다.

"숨은 붙어 있다."

"입도 살아 있네."

"근데 넌…… 나를 왜 그렇게 싫어하냐?"

"내가 전생에서도 널 싫어했냐? 하여간 질긴 악연이네."

"뭐라고?"

"아, 아니야. 얘기가 길다. 암튼 나는 너 엄청 싫어하니까 앞으로 내 앞에서 알짱거리지 마라. 알겠냐?"

6
준페이의 제안

저녁 무렵 태웅이 곤죽이 된 종욱을 들쳐 업고 들어오자 저녁 식사 준비가 한창이던 집 안에서는 한바탕 난리가 났다.

"네 이노옴! 하다하다 이제 우리 장손까지 이 모양을 만들어 와!"

양 대감의 서릿발 같은 호령과 함께 곧장 날아온 놋요강은 태웅의 이마를 정통으로 맞혔다. 준페이 일당의 구둣발에 찍혀 찢어진 상처에서 기다렸다는 듯 시뻘건 피가 주르륵 얼굴을 타고 흘렀다.

"에이 씨!"

태웅은 업고 있던 종욱을 마당 한가운데 내던져 버리고는 행랑채로 들어갔다. 대감마님이고 뭐고, 그래도 아버지가 아닌가. 아무리 첩의 자식이라고 해도 그렇지 나도 죽지 않을 만큼 맞고 돌아왔는데 어떻게 이럴 수가 있지.

"저, 저 괘씸한 놈이!"

양 대감은 태웅의 뒷모습을 보고 노여움에 몸을 떨었다. 종욱이 엉거주춤 일어나며 말했다.

"아버님, 고정하십시오. 다 제 잘못입니다. 태웅이는 저를 도와주려다가 같이 맞았을 뿐입니다."

"종욱아, 양씨 집안 종손인 네가 싸움질이 웬 말이냐. 어서 자초지종을 말해 보거라."

종욱이 어떻게 둘러댔는지 몰라도 주먹질을 한 것에 대해 더 이상 추가 조치는 없었다. 멍석말이를 당하지도, 헛간에 갇히지도 않았다. 하지만 마음의 상처는 깊었다. 발 고린내 풍기는 행랑채에 이불을 턱밑까지 끌어당긴 채 곰팡이 핀 천장을 바라보고 누운 태웅의 마음은 착잡했다. 약을 발라 준다, 땀을 닦아 준다 하며 옆에서 호들갑을 떠는 어머니도 귀찮기만 했다.

"그나저나 대체 웬일이라니. 종욱이 그 샌님이 어쩌다가 싸움질을 하게 된 거야. 자세히 좀 말해 봐라. 응? 태웅아."

"몰라요. 그냥 일본 애들 여럿이 한꺼번에 덤벼서……."

"뭐? 종욱이가 내지 애들하고 싸웠다고?"

그때 문 밖에서 안채 계집종인 갑순이 목소리가 들렸다.

"작은마님, 여기 계셔요?"

춘실은 귀찮은 듯 고개도 돌리지 않고 물었다.

"무슨 일이냐?"

"그게 저기……."

"아, 무슨 일이냐니까!"

춘실의 짜증난 목소리가 높아졌다.

"안채에 홍서방이 와 있는데요."

춘실의 안색이 변하더니 문을 와락 잡아당겼다.

"뭐? 언제?"

"그건 잘 모르겠구요. 워낙 조용히 왔다가 어느새 사라져 버리니까요. 오늘은 마님이 종욱 도련님 간병하느라 안방을 비우신 바람에 홍서방이 마님 찾고 있는 걸 봤지요."

"지금 어디 있어?"

"아마 안채마님 방에 있을 거예요. 마님이 저녁상 넉넉히 지어 올리라고 하셨거든요."

춘실은 태웅의 이마를 닦던 수건을 내던지고는 벌떡 일어나더니 허겁지겁 나가 버렸다. 홍서방. 헛간에 갇혀 있을 때 엄마와 준페이가 수군거리던 이름이었다. 태웅은 끙끙거리며 자리에서 일어나 앉았다.

"갑순아, 홍서방이 누구냐?"

"안채마님 친정에서 가끔씩 심부름 오는 아재 있잖아요."

"근데 홍서방이 온 걸 왜 여기 와서 알리는 거야?"

갑순은 입술을 뾰로통 내밀었다.

"그야 작은마님이 그러라고 신신당부를, 아차. 이거 아무한테도 말하지 말라고 하셨는데."

갑순은 머리를 긁적이더니 혀를 쏙 내밀었다.

"태웅 도련님한테야 뭐 말해도 괜찮겠죠."

"갑순아, 설거지하다 말고 이년이 어딜 갔어."

"에구머니, 저 가요."

갑순은 안채에서 자신을 찾는 목소리가 들리자 종종걸음을 쳤다.

안채마님 친정에서 심부름 오는 홍서방이라. 전에 삼촌이 했던 말이 떠올랐다.

"춘실이 그거이, 순 여시 같은 기집이라 호시탐탐 마님 자리 노리는 거를 내도 알고 있는데……."

또 춘실은 이런 말을 했었다.

"미리미리 준비를 하고 있어야 기회가 오면 잡을 수 있다고 이 에미가 그렇게도 누누이 일렀거늘."

그러니까 뭐냐, 그 장희빈이 인현왕후 자리를 훔치듯이 기생 출신 첩인 우리 엄마라는 사람이 정실부인인 종욱이네 엄마 자리를 노리고 뭔가 음모를 꾸미고 있는 것 같은데, 그게 홍서방이랑 무슨 관련이 있는 건가? 준페이 그놈은 거기서 덕 볼 게 뭐가 있어서 우리 엄마한테 돈을 준다는 거지? 아까 보니 준페이 놈도 종욱이를 무지하게 싫어하는 것 같던데, 그게 혹시 이 일과 상관이 있는 건가.

깨진 머리 상처가 욱신거렸다. 아오, 머리 아파. 뭐가 이렇게 복잡해. 일단 우리 엄마 뒤를 캐 보자. 그럼 뭔가 나오겠지. 태웅은 끙끙거리며 자리를 걷고 일어났다. 도둑고양이처럼 살금살금 안채로 가서 기둥 뒤에 몸을 숨기고 주위를 살폈다.

안채 마당은 조용했다. 댓돌에 놓인 신발도 안채마님 것 뿐이었다.

'홍서방이란 자는 그새 떠난 건가?'

태웅은 주변을 두리번거리며 대문 밖으로 나갔다. 서너 걸음 앞에 검은 두건으로 얼굴 아래쪽을 가린 인력거꾼이 하나 서 있을 뿐 아무도 보이지 않았다.

"저기요!"

태웅은 인력거꾼을 향해 소리쳤다. 이 집에서 나온 사람을 보았는지 물어보려고 했다. 인력거꾼이 고개를 돌린 순간 두건이 아래로 처져 왼쪽 눈 아래 있는 커다란 점이 드러났다. 역사 체험관으로 나와 라은이를 데려간 바로 그 판다 알바! 저 사람이라면 전생 체험인지 역사 체험인지 하여간 이 짜증나는 미션을 끝내 버릴 방법을 알고 있을 것이다. 태웅은 번개라도 맞은 듯 곧바로 그를 향해 돌진했다.

"아저씨!"

판다는 태웅을 보더니 인력거를 끌고 냅다 뛰기 시작했다. 태웅도 따라 뛰었다. 태웅이 따라오는 걸 보고 판다는 속력을 더 높였다.

"아저씨, 잠깐 서 봐요. 내 말 좀 들어보라니까요!"

어느새 둘은 시내 전찻길에 이르렀다. 판다가 전찻길을 건너자마자 '뿌우~' 소리와 함께 전차가 쉭쉭거리며 위협적으로 다가왔다. 태웅은 숨을 몰아쉬며 멈춰 섰다. 아까 준페이 일당에게 얻어맞은 배가 아파서 찢어질 것 같은 통증이 밀려왔다. 전차가 지나가고 나서 보니 판다는 이미 사라지고 없었다. 태웅은 배를 움켜쥐고 그 자리에 주저앉아 숨을 헐떡이며 그가 사라진 쪽을 노려보았다.

순사들이 들이닥친 것은 그날 저녁 밥상 앞에 둘러앉아 있을 무렵이었다. 방문을 걷어차고 구둣발로 들어선 그들은 다짜고짜 밥상부터 엎어 버렸다.

"아니, 이놈들이! 여기가 어디라고 감히!"

대감마님이 버선발로 달려 나와 호령을 했지만 순사부장은 눈도 깜짝하지 않았다.

"불령선인 양종욱과 양태웅을 잡으러 왔습니다."

"불령선인이라니!"

"대일본제국의 무고한 학생들을 끌고 가 상해를 입혔으니 경찰서에 가서 조사를 받아야 합니다. 함께 전차에 타고 있던 승객들 증언도 있습니다."

태웅은 기가 막혀서 소리를 질렀다.

"집단 린치는 우리가 당했다고요. 그놈들 셋이서 우리를 돌아가면서 팬 거라고요. 잘못도 그놈들이 먼저 했고요!"

"억울한 게 있으면 경찰서에 가서 말해라. 끌고 가!"

순사 둘이 달려들어 태웅을 양 옆에서 잡았다. 종욱도 마찬가지로 잡혔다. 대감마님은 허둥지둥 순사부장의 허리를 잡고 매달렸다.

"우리 장손은 안 된다. 우리 종욱이는 경성제대에 가야 하는데 경찰서라니, 불령선인이라니! 네 이놈! 내가 누군지 모르느냐!"

순사부장은 대감마님을 힐끗 돌아보았다. 한쪽 입꼬리가 비웃음을 담고 슬쩍 올라가 있었다.

"왜 모르겠습니까. 돈 많은 조센징 나으리시지요. 아무리 돈이 많아도 조센징이 일본인을 때려서야 되겠습니까. 대일본제국의 은혜를 잊으셨습니까."

대감마님의 콧수염이 바들바들 떨렸다.

"어서 가자!"

종욱과 태웅은 순사들에게 이끌려 차에 올라탔다. 그들이 도착한 곳은 종로경찰서였다. 태웅은 혼자 지하 취조실에 던져졌다. 종욱은 다른 취조실로 끌려간 모양이었다.

창문도 없고 사방이 회색 벽으로 둘러싸인 컴컴한 방이었다. 한쪽 구석에 책상이 하나 놓여 있고 전등이 하나 달리긴 했지만 어둑하고 으스스했다. 태웅은 잔뜩 기가 죽어 고문 도구가 있나 살펴보았다. 천장에 밧줄처럼 보이는 끈이 하나 동그랗게 매달려 있었다. 일제 고문 경찰들은 독립투사를 잡아다 거꾸로 매달고 코에 고춧가루 탄 물을 넣는다고도 하고, 손톱을 하나씩 잡아 뽑는다고도 했다. 물고문, 전기고문……. 상상할수록 겁이 나 오금이 저렸다. 독립운동을 한 것도 아니고 일본 놈들 몇 대 때려 줬다고 이런 곳에 끌려오다니. 별로 때리지도 못하고 사실 내가 더 많이 맞았는데. 태웅은 한편으로는 억울하고 또 한편으로는 무서워서 눈물이 찔끔 날 지경이었다.

그때 계단 위에 있는 문이 벌컥 열렸다. 태웅은 그 소리에 너무 놀라 그 자리에 털썩 주저앉았다.

"양태웅. 양종욱의 이복동생이지?"

낯익은 목소리에 고개를 든 태웅은 깜짝 놀랐다.

"너, 넌…?"

집단 린치를 당해서 상해를 입었다던 준페이가 상처 하나 없는 멀끔한 얼굴로 서 있었다.

"어때, 여기 와 보니? 앞으로 무슨 일이 벌어질지 막 흥미진진하지?"

태웅은 주먹을 꽉 쥐었다.

"너 이 새끼!"

"훗. 아직 정신을 못 차렸나 보지. 고문을 좀 당해 봐야 고분고분해지려나."

"무슨 짓을 하려는 거야?"

"여기서 곱게 나가고 싶어? 나하고 이야기만 잘 되면 털끝 하나 다치지 않고 나갈 수도 있지."

준페이가 태웅을 향해 예의 그 재수 없는 미소를 날렸다.

"제안을 하나 하려고. 네게도 나쁜 조건은 아닐 것 같은데."

태웅은 말없이 준페이를 노려보았다.

"양종욱이 경성독서회라는 고보 연합 독서모임에서 활동하는 거 알고 있지? 너도 경성독서회에 가입해. 그리고 경성독서회에서 양종욱이 하는 말과 행동을 아주 사소한 것까지 내게 보고하는 거야."

"나더러 네 끄나풀이 되라는 거야?"

태웅은 화가 나서 책상을 내리쳤다.

"싫어? 그럼 요시하라 순사 부장님을 모셔와야겠군. 아직 모르는 모양인데 요시하라 부장님이 우리 외삼촌 되시거든."

"하나만 물어보자."

준페이는 눈을 지그시 뜨고 태웅을 보았다.

"넌 왜 그렇게 양종욱을 못 잡아먹어서 안달이냐? 전에 들으니까 뭐, 네 아버지 히로아키 상이 종욱이 보고 영특하다고 했다던데, 그래서 질투하는 거야?"

준페이가 성난 눈으로 태웅을 노려보았다.

"뭐 가업을 물려주고 어쩌고 그러던데, 아버지가 너 대신 양종욱을 후계자로 삼기라도 할까 봐 걱정돼서 그러는 거냐?"

준페이가 태웅의 멱살을 쥐었다. 눈에서 불꽃이 이글거렸다.

"잘 들어라, 양태웅. 나는 너한테 기회를 주는 거야. 내 사냥개가 되고 싶으면 고분고분해야지. 어디서 감히 기어오르려고 들어!"

태웅은 가슴 속에서 천불이 나는 것 같았지만 잠시 분노를 가라앉히고 냉정히 따져 보았다.

이 자식이 뭣 때문에 이렇게까지 하는지 몰라도 일단은 협조하자. 준페이 자식이 양종욱을 날려 주면 나로서도 좋은 일이다. 나를 아들은커녕 사람 취급도 안 하는 대감마님도 종욱이가 없어지면 하나뿐인 아들인 나를 업신여기지는 못하겠지. 옛날 사람들은 대를 잇는 게 세상에서 가장 중요한 일이라고 생각하니까. 먼저 준페이의 손을 빌려 양종욱을 날리고 그 다음에 준페이 너는, 어떡해서든 내가 직접 날려 주마. 그렇게 두 녀석을 처리하고 나면 자연히 내 자리를 되찾게 되고 난 다시 차태웅으로 돌아갈 수 있을 거다. 머릿속에서 손익 계산을 끝낸 태웅은 선선히 대답했다.

"좋아. 시키는 대로 할게."

준페이는 집어던지듯 태웅의 멱살을 놓았다. 태웅은 나가 떨어져 엉덩방아를 찧고 말았다.

"필요할 때마다 부를 테니 넌 평소에 보고할 거리를 준비하고 있다가 전갈을 받으면 나와. 시간은 밤 열두 시, 장소는 경성우체국 뒷골목에 있는 창고다. 전갈 받거든 흔적 없애는 것 잊지 말고. 제대로 못 하면 여기서 다시 만나게 될 거다, 알겠나?"

태웅은 고개를 끄덕이며 속으로는 이를 갈았다.

다음 날 아침에 태웅은 풀려났다. 준페이가 손을 쓴 덕분인지 취조조차 받지 않았다. 그래도 순사에게 잡혀 구치소에서 하룻밤을 고생하고 돌아온 건데 태웅을 바라보는 양대감의 눈길은 싸늘하기만 했다. 종욱의 소식을 여전히 알 수 없었기 때문이다. 양대감은 종욱을 빼내려고 모든 인맥을 총동원하는 눈치였다. 총독부와 종로경찰서의 안면 있는 사람에게 뇌물을 들고 찾아다녔고 집에 돌아와서는 곧바로 전화통에 매달렸다.

"히로아키 상께서는 언제쯤 통화가 가능하시겠습니까? 제가 어제부터 계속 전화를 드리고 있는데. 아, 그렇습니까. 하이. 기다리겠습니다."

양손으로 수화기를 공손히 받쳐 든 양 대감은 히로아키 상이 면전에 있기라도 한 듯 연신 고개를 숙여 댔다.

"히로아키 상, 저 양영석입니다. 이번 일로 얼마나 심려가 크셨습니까. 정말 드릴 말씀이 없습니다."

태웅은 착잡한 심정으로 대청마루에 앉아 있었다. 양 대감의 목소리가 들려왔다.

"제 입으로 이런 말씀 드리기는 그렇습니다만, 제가 누굽니까. 동척에서 추진하는 토지조사사업으로 조선 땅 오백 만 평이 동척 소유가 되도록 적극 협조한 거 아시지 않습니까. 또 지난번 동척 소유 농장에서 소작료 감면해 달라고 들고 일어났던 소작농 놈들도 제가 어용소작인들 고용하고 엽총 난사해 가면서 깔끔하게 정리했고 미납소작료도 강제 징수하지 않았습니까. 앞으로도 대일본제국의 영광을 위해 동척의 사업이 차질 없이 진행될 수 있도록 물심양면 돕겠습니다. 철없는 제 아들 녀석이 경거망동했습니다만 이런 점들을 잘 고려해 선처해 주시길 감히 부탁드립니다."

동척은 동양척식주식회사를 말하는 것이었다. 양 대감의 로비 덕분인지 며칠 뒤 종욱도 집으로 돌아왔다. 볼이 움푹 패여 안 그래도 비쩍 마른 녀석이 더욱 앙상해 보였다. 양 대감은 종욱을 보더니 호통부터 쳤다.

"일본인을, 그것도 하필이면 동척 실세 히로아키의 자제를 건드려! 네가 제정신이냐! 공부에 전념해서 경성제대 입학만 생각하라고 누누이 일렀거늘! 이 혼란한 시국에서 출세할 길은 그것뿐이라 하지 않았느냐. 경성제대는 공부만 잘한다고 갈 수 있는 데가 아니야. 경찰서에서 신분 시험도 통과를 해야 한단 말이다. 도대체 무슨 생각으로 그런 짓을 한 게냐!"

종욱은 허옇게 치켜뜬 눈으로 제 아버지를 노려보았다.

"저는 경성제대 갈 생각 없습니다. 출세요? 빼앗긴 나라에서 조선인이 출세를 할 수 있답니까?"

양 대감이 들고 있던 담뱃대가 덜덜 떨렸다.

"뭐, 뭐야? 저놈이!"

"아버지처럼 사는 게 출세하는 겁니까? 일본인에게 붙어 가난하고 힘없는 민족의 고혈을 빠는 게 출세라면, 저는 그 길을 가지 않겠습니다."

종욱의 말에 양 대감은 숫제 뒤로 넘어갈 판이었다.

"저놈! 저 괘씸한 놈!"

날아간 담뱃대가 종욱의 이마를 정통으로 때렸다. 새빨간 피가 뚝뚝 떨어졌다. 종욱은 그대로 일어나 양 대감에게 허리를 굽히고는 방을 나왔다.

마당에서 서성이던 태웅은 종욱이 나오자 화들짝 놀랐다. 아직 준페이의 끄나풀 노릇을 시작도 안 했는데 도둑이 제 발 저리는 건지 벌써부터 종욱의 얼굴을 쳐다보기가 어려웠다. 종욱이 먼저 태웅에게 다가왔다.

"고생 많이 했냐?"

태웅은 고개를 숙이고 발끝으로 애꿎은 흙만 팠다.

"아니 뭐 별로."

"……미안하게 됐다."

태웅은 얼굴이 화끈 달아올랐다. 이어 아랫입술을 꽉 물었다. 종욱이 자리를 뜨자 태웅은 주먹을 들어 나무를 있는 힘껏 내려쳤다.

"에이 씨, 왜 자꾸 멋있는 역할을 지가 다 하는 건데!"

7
경성독서회

태웅은 이른 아침부터 대문 앞에서 서성이며 종욱이 나오기를 기다렸다. 우연히 마주친 척 자연스럽게 대하려 했지만 불쑥 나타난 종욱을 보고는 입이 딱 붙어 버렸다.

"나 기다린 거야?"

"기다리긴 누가!"

"그럼 나 먼저 간다."

"야, 잠깐. 이렇게 만난 것도 우연인데 가, 같이 가자."

종욱이 빤히 쳐다보자 태웅은 눈에 띄게 당황했다.

"아, 아니. 그러니까 우연이 아니라, 인연인가. 뭐 아무튼."

종욱과 태웅은 나란히 시내를 향해 걸었다.

"너 경성독서회인가, 그런 모임 한다며?"

종욱이 의심스러운 눈초리로 태웅을 쏘아보았다.

"그거 비밀 아니거든. 우리 반 애들 다 알아."

종욱은 말없이 앞을 보고 걷기만 했다.

"거기 나도 가도 되냐?"

종욱은 걸음을 멈추고 말없이 태웅을 응시했다. 날카로운 눈매가 번뜩였다. 태웅은 가슴이 오그라드는 것 같았다. 스파이라, 이 시대 용어로는 밀정이라고 하던가. 아무튼 이거 참, 할 짓이 못 되네. 태웅은 속으로 투덜거렸다.

"일전에 국사 시간 끝나고 토론이 벌어졌다는 이야기, 동수한테서 들었다. 네 민족의식에 깊은 감명을 받았다고. 경성독서회 회원은 엄중한 심사를 통해서만 받게 되어 있어. 모임에 가서 네 이야기 전할게. 허락이 떨어질지 장담은 못하지만 최선을 다해 볼게."

"어, 그래."

태웅은 얼떨떨한 심정으로 대답했다.

며칠 뒤 저녁을 먹고 빈둥거리고 있는데 누군가 태웅의 방문을 두드렸다. 문을 열어 보니 종욱이 빙글빙글 웃으며 서 있었다.

"뭐냐?"

태웅이 퉁명스럽게 말하자 종욱이 손을 내밀어 악수를 청했다.

"경성독서회 회원이 된 걸 축하한다. 독서회 회원은 경찰에서 각별히 신경 쓰는 요시찰 대상이야. 항상 조심해야 해. 기밀은 절대 누설하면 안 되고. 할 수 있겠어?"

태웅은 종욱의 손을 잡아 흔들며 다른 손으로 입술에 지퍼 채우는 시늉을 했다.

"싸나이 일언 중천금! 내가 또 기밀 엄수 하나는 확실하게 하지."

"금요일 수업 끝나고 YMCA 옆에 있는 고등빙수상점에서 만나자. 그때까지 다 읽을 수 있어?"

태웅은 종욱이 내미는 책을 받아 책장을 넘겨보았다.

"사유재산제도와 국가의 기원? 제목만 봐도 머리 아프네. 게다가 일본어잖아. 자랑스러운 우리 한글은 뒀다 뭐하고."

"읽다가 이해 안 가는 부분 있으면 나한테 물어봐."

"이해 안 가긴, 오늘 밤 안으로 다 마스터해 주겠어."

"경성독서회에서 함께 학습하고 토론하면서 네 민족의식이 더욱 성장하길 바란다."

'민족의식은 됐고요, 양종욱 너 이 쭈글이 새끼. 내 앞에서 잘난 척 할 날도 얼마 안 남았다.'

태웅은 고개를 주억거리면서 속으로는 칼을 갈았다.

경성독서회 모임이 있는 날, 태웅이 약속한 시간에 고등빙수상점의 문을 열고 들어가자 종욱이 앉아 있었다. 종욱은 곧바로 일어서더니 태웅에게 눈짓을 하며 주방 쪽으로 재빨리 들어갔다. 주인을 힐끔 보았지만 빙수를 나르느라 바빠서인지 태웅에게는 눈길도 주지 않았다. 태웅이 주뼛거리며 주방 안으로 들어서자 종욱은 온 데 간 데 없었다. 태웅이 어리둥절해 있는데 머리 위에서 똑똑 소리가 들렸다. 천장을 바라본 태웅은 깜짝 놀라 주저앉을 뻔했다. 천장에 난 작은 구멍으로 종욱이 얼굴을 내밀고 있었기 때문이다.

"뭐야, 거기 어떻게 올라간 거야?"

종욱이 손가락을 입술에 가져다 대며 조용히 하라는 시늉을 하더니 잠시 뒤 벽에 붙은 나무판자가 열렸다. 태웅이 허리를 숙이고 들어가자 한 사람이 겨우 올라갈 만한 작은 계단이 가파르게 나 있었다.

'이야, 이런 곳에 비밀 장소가 있었네.'

태웅은 속으로 감탄하며 계단을 기어 올라갔다. 천으로 가려진 문을 열자 빨래가 얼기설기 널린 좁은 방에 예닐곱 명의 학생들이 둘러앉아 있다가 일제히 태웅을 바라보았다.

가운데 앉아 있던 남자가 벌떡 일어나더니 태웅에게 성큼성큼 다가왔다. 기름칠을 해서 싹싹 빗어 넘긴 오대오 가르마에도 불구하고 준엄한 인상을 주는 남자였는데 교복 대신 양복을 입은 것으로 보나 동그란 안경 너머 빛나는 매서운 눈매로 보나 한눈에도 경성독서회의 중심인물로 보였다. 그가 태웅에게 악수를 청했다.

"정대협입니다. 군의 열렬한 민족의식에 대해서는 익히 들어 알고 있습니다. 환영합니다. 양태웅 군."

태웅은 얼결에 대협의 손을 맞잡았다. 태웅의 손을 꽉 잡고 힘차게 흔드는 대협의 손은 따스했다. 태웅은 허리를 숙여 인사했다.

"반갑습니다. 양태웅이라고 합니다."

둘러앉은 회원들은 힘차게 박수를 쳤지만 소리는 들리지 않았다. 시늉만 했기 때문이다. 소리가 밖으로 새지 않게 조심하느라 그런 모양이었다. 종욱은 입가에 보일 듯 말 듯 미소를 머금은 채 한쪽 구석에 앉아 있었다. 교실에서의 토론 이후 태웅을 선망의 눈으로 바라보곤 했던 같은 반 동수가 고개를 쑥 빼고 반갑게 손을 흔들었다. 옆에 앉은 주근깨 여학생이 환하게 웃으며 태웅에게 손짓했다. 태웅이 엉거주춤 자리에 앉자 여학생은 살갑게 소곤거렸다.

“반가워. 난 경성여고보 1학년 허미애야.”

“어, 그래. 잘 부탁한다.”

태웅의 등장으로 잠시 멈췄던 토론이 자연스럽게 다시 시작되었다. 작고 왜소한 몸집에 짧게 깎은 머리가 고슴도치처럼 뾰족뾰족한 남학생이 신문을 꺼내 들었다. 언젠가 교실에서 조선인 교사에게 독립운동이 무고한 희생이냐고 따져 물었던 박성철이었다.

“이것 좀 보십시오. 경성일보 기사입니다. 히로아키 준페이(17세)가 전차에서 내릴 즈음 가지고 있던 돈지갑을 떨어뜨려 주우려는데, 마침 그의 뒤에 있던 여고보생 박모(18세)와 부딪혔다. 그때 옆에 있던 조선인 학생들이 준페이에게 덤벼들었다.”

태웅은 순간 놀라 자기 귀를 의심했다.

“뭐, 뭐라고? 정말 신문에 그렇게 쓰여 있어요?”

태웅은 성철의 손에 들린 신문을 빼앗듯 가로채 기사를 샅샅이 읽어 보았다.

“반일 감정에 휩싸인 조선인 학생들의 무분별한 폭력 행위에 선량한 일본인 학생들의 피해가 늘고 있어 대책이 필요하다고? 이게 무슨 말 같지도 않은 소리야! 그놈들이 먼저 여학생들한테 시비 걸었다는 내용은 쏙 빼놓고! 또 죽도록 얻어맞은 건 우리라고, 그놈들이 아니라!”

태웅은 신문을 구겨서 던져 버렸다. 성철이 씁쓸하게 웃으며 말했다.

"그들이 몰랐을까요? 주변에 수많은 목격자가 있었는데요? 알고도 일부러 이렇게 쓴 겁니다. 조선인 학생들은 일방적으로 폭행을 당하고도 가해자로 몰려 경찰서에 끌려가 고초를 당해야 했습니다. 언론도, 경찰도 모두 일방적으로 일본인 학생들 편만 들고 있습니다. 왜 우리가 이렇게 억울하게 당해야 합니까? 딱 하나 아닙니까? 감히 조선인이 일본인을 때렸다, 조선인들에게 본때를 보여 주어야 한다. 이거 아니냐고요?"

대협이 고개를 끄덕였다.

"박성철 군이 정확히 보았습니다. 조선인과 일본인에 대한 차별이 이번 사건에서도 여실히 드러난 것이지요. 저들은 내선일체를 주창하며 조선과 일본은 하나다, 절대 차별하지 않는다, 그러니 조선인들도 일본의 통치에 협력해야 한다고 주장하지만 현실은 전혀 그렇지 않습니다. 조선인은 절대로 일본인에게 맞서려 해서는 안 되는 거죠."

그때 갑자기 회원들의 머리 위에 매달려 있던 빨랫줄이 심하게 흔들렸다. 회원들은 약속이나 한 듯 입을 꾹 다물었다. 숨소리조차 내지 않으려고 조심하는 것 같았다. 태웅은 영문을 몰라 눈을 동그랗게 뜬 채 눈치만 살피고 있었다.

잠시 뒤 빨랫줄이 다시 한 번 짧게 흔들렸다. 미애가 참았던 숨을 몰아쉬는 시늉을 하더니 태웅을 향해 눈을 찡긋했다.

"순사나 수상한 사람들이 빙수점에 들어오면 주인 아주머니가 밑에서 신호를 보내주시는 거야."

빨랫줄이 주방 쪽으로 연결되어 있는 모양이었다. 태웅은 고개를 끄덕였다. 항상 조심해야 한다던 종욱의 말이 떠올랐다.

대협이 좌중을 둘러보며 낮지만 힘 있는 어조로 말했다.

"자, 그럼 토론을 계속 이어가겠습니다. 일제의 기만적인 교육정책에 대한 이야기부터 해 보겠습니다. 일제는 1922년 제2차 교육령을 통해 '내선공학(內鮮共學)'을 내걸고 조선인과 일본인에게 평등한 교육을 실시하는 것처럼 홍보해 왔습니다. 그러나 실제로는 어떻습니까. 조선인을 위한 고등교육기관은 절대적으로 부족합니다. 조선에 있는 일본인 100명 중 99명이 상급학교에 진학하는 동안 조선인은 고작 20명 정도밖에는 고등교육을 받을 수 없습니다. 엄청난 교육비를 부담할 수 없어 상급학교 진학을 포기하는 조선인들도 헤아릴 수 없이 많습니다. 조선인에게 수탈한 국고로 일본인에게는 조선인의 100배가 넘는 학비를 보조합니다. 하지만 가난한 조선인 학생들은 공부를 하고 싶어도 학비를 못 내 교실에서 쫓겨나고 있습니다."

대협이 잠시 말을 멈추고 주먹을 불끈 쥐었다. 태웅은 저도 모르게 대협의 말 속으로 빨려 들어가는 것 같았다.

"어렵게 들어간 고보에서 여러분은 지금 어떤 교육을 받고 계십니까. 고보 교육의 목적은 학생들에게 일본 정신을 주입하는 것입니다. 총독부 학부 당국에서는 각 학교의 교장을 모두 일본인으로 채

우고 모자라는 경우에만 한인 교장을 채용하겠다고 공표했습니다. 일본인 교사들은 조선의 역사를 부정하고 조선인의 민족성을 깔아뭉개며 조선의 청년들에게 일제의 노예가 될 것을 강요하고 있습니다."

학생들의 눈에서 불꽃이 이글거렸다. 저마다 학교에서 숱하게 들어 온 일본인 교사들의 민족 모멸적 언사를 떠올리며 분개하고 있었다. 한 학생이 갑자기 분을 참지 못하겠다는 듯 소리쳤다.

"어제 저희 학교에서는 한일 학생 간 충돌의 우려가 있다면서 일본인 교사가 학생 다섯 명을 데리고 경찰부장의 관사를 방문했다고 합니다. 조선인 학생들을 경찰의 앞잡이로 삼으려고 한 것입니다."

학생들이 술렁거렸다. 태웅은 경찰의 앞잡이라는 말에 가슴이 뜨끔했다. 성철이 격앙된 소리로 말했다.

"일본인 교사도 문제지만 경찰부장 관사까지 따라간 조선인 학생들은 도대체 뭡니까. 일제 경찰의 개가 되어 같은 민족을 밀고한 값으로 저 혼자만 잘 먹고 잘살겠다는 반역자가 아닙니까!"

난 경찰에 협조하려는 게 아니야. 내가 준페이 그 자식을 이용하는 거라고. 종욱이 놈을 날려 버리고 난 다음에는 준페이도 내 손으로 보낼 거라니까. 속으로 누구에게인지 모를 변명을 애써 늘어놓으며 태웅은 마음이 착잡해졌다. 학생들이 술렁이자 대협이 다시 입을 열었다.

"일제가 얼마나 교활한지 지금 우리의 모습을 보면 알 수 있습니다. 우리 민족이 다 함께 똘똘 뭉쳐도 모자랄 판에 우리끼리 갈라져

서로를 미워하고 배척하게 만들고 있지 않습니까. 우리는 힘을 모아야 합니다. 눈앞의 유혹에 빠져 민족을 배신한 자들을 각성시키고 그들을 다시 민족의 편에 서게 하는 것도 우리가 해야 할 일 중 하나입니다. 그러기 위해서는 더 깊이 공부하고 더 치열하게 행동해야 합니다. 그렇지 않습니까, 여러분!"

열렬한 박수가 터져 나왔다. 역시 손바닥을 맞부딪치는 시늉만 했지만 마치 우렁찬 박수 소리가 들리는 것처럼 느껴졌다. 태웅은 비장한 눈빛으로 결의를 다지는 학생들을 둘러보며 스스로가 자꾸 작아지는 것 같았다. 구정물이 뚝뚝 떨어지는 대걸레를 맨손으로 비틀어 짜는 기분으로 태웅은 애꿎은 방바닥만 벅벅 문질러 댔다.

경성독서회 회원들은 모임이 끝나고 비밀 장소를 나설 때에도 주인 아주머니의 신호에 따라 한 명씩 간격을 두고 빠져나갔다. 신중하면서도 신속한 동작들이 영화에서 본 첩보원처럼 보였다. 가장 나중에 고등빙수상점을 나서는 태웅의 옷자락을 누군가 잡아당겼다. 돌아보자 허미애라고 자신을 소개했던 주근깨 여학생이 생긋 웃으며 서 있었다. 어리둥절한 태웅에게 미애가 성큼 다가왔다.

"애, 너 양종욱 이복동생이라지?"

미애는 태웅의 대답 따위는 궁금하지도 않다는 듯 혼자서 재잘거렸다.

"순 주먹자랑이나 하고 다니는 날건달인 줄 알았는데 알고 보니 경성고보 독립 투사라며?"

이건 또 뭐지, 하는 심정으로 태웅은 미애를 빤히 내려다보았다.

"자식, 좀 멋지네."

미애는 저 혼자서 생긋 웃더니 곧 볼이 발갛게 붉어졌다.

"이제 와서 대협 선배님을 버릴 수도 없고. 아유, 어쩌지? 정말 고민이네."

"선배님? 그 오대오 가르마 말이야?"

"너 경성고보 다닌다면서 대협 선배님 소문 못 들었어? 경성고보의 살아 있는 전설인데."

"졸업생이구나. 칫, 어쩐지 얼굴이 너무 삭았더라."

신기고의 살아 있는 전설은 바로 이 몸이셨는데 말이야. 태웅은 괜한 라이벌 의식을 느끼며 마지막 말은 속으로 삼켰다.

"대협 선배님이 고보에 다닐 때 이혁동이라고, 조선인 교사가 하나 있었는데 악랄하기가 일본인 교사보다 훨씬 심했대. 조선인 학생들이 독립이니 민족이니 말만 꺼내도 정신 교육이 필요하다며 때리고 벌을 주니 대협 선배님이 그냥 보아 넘길 리가 있나. 어느 날부터 학교 건물 곳곳에 커다랗게 낙서가 되어 있었는데, 그 내용이 뭐였냐면, '민족을 배반하고 일제의 개가 된 이혁동은 각오하라, 학생 제군이여, 무엇을 위해 공부하는가. 떨치고 일어서자.' 이런 내용이었대. 밤새 교사들이 지키고 있어도 다음 날이면 또 어딘가에 낙서가 되어 있으니 귀신이 곡할 노릇이었지. 교사들이 시험 답안 필적까지 대조해 가면서 잡으려고 했는데 결국 범인은 못 잡았대. 그런데 그게 대협 선배님 솜씨라는 소문이 파다했고."

"그까짓 낙서 좀 한 걸로 전설은 무슨."

"그까짓 낙서라니. 잡히면 바로 퇴학당하고 감옥소 행인데. 목숨 걸고 하는 거야."

태웅이 입을 비쭉거렸지만 미애는 아랑곳하지 않고 꿈꾸는 표정으로 말을 이어갔다.

"그러던 어느 날, 대협 선배님한테 깨달음이 딱 온 거지. 낙서만 해서는 한계가 있다. 학생들의 힘을 하나로 모아야겠다. 그래서 주변 학교에서 뜻 있는 학생들을 모아 경성독서회를 결성하게 된 거야. 정말 멋지지 않아?"

태웅은 부루퉁한 입을 내밀었다. 누구에게든 나 아닌 딴 놈 멋지다는 말을 듣는 것처럼 기분 나쁜 일이 없다. 미애가 그런 태웅을 빤히 바라보더니 양손으로 볼을 감싸며 한숨을 내쉬었다.

"인물 좋고, 사내답게 힘도 쓸 줄 알고, 경성고보생이니 머리도 좋을 거고, 거기에 민족의식까지 투철하다고? 여태까지 난 일편단심 대협 선배님밖에 없었는데."

태웅은 당황해서 말을 더듬거렸다.

"뭐, 뭐라는 거야?"

"서자이긴 하지만 개명한 세상에 그게 무슨 대수람. 하긴, 우리 집도 뭐 뻐대 있는 양반 가문은 아니야. 우리 아버지는 의원을 하시거든. 아주 꼬장꼬장하신 분이시지. 내가 여고보에 가겠다고 했을 때 우리 아버지가 주저앉아서 뭐라고 하신 줄 알아?"

미애는 입을 벌리고 고개를 뒤로 젖힌 채 탄식하는 시늉을 했다.

"어허, 내 여식이 학교에 가겠다고 나서! 이제 정말 말세로구나!"

미애의 능청에 태웅도 그만 웃음을 터뜨리고 말았다.

“우리 아버지한테는 일본이 조선을 집어삼킨 것보다 딸자식이 신식 여학교에 가겠다고 나선 게 더 충격일 거야. 아마 하늘 무너지는 기분이겠지. 그런데 딸이 이번에는 첩실 소생을 데리고 가면 뭐라고 하시려나?”

태웅은 놀라서 눈을 동그랗게 떴다. 아니 저기, 우리 오늘 처음 만났거든요. 아무리 신여성들 사이에 자유연애가 불같이 유행을 했다고 하더라도 이건 좀 아니잖아요.

그런 태웅을 보더니 미애는 까르르 웃음을 터뜨렸다.

“어머나, 순진하기까지. 정말 내 이상형이네.”

태웅은 당황했다. 이때는 남녀칠세부동석, 남존여비 뭐 이런 게 유행 아니었어? 여자는 남자 얼굴도 제대로 못 쳐다보는 줄 알았는데 얘는 어떻게 된 게 백 년을 앞서가냐.

그때 갑자기 잊고 있던 얼굴이 태웅의 머릿속을 스쳤다. 아무리 정신이 없어도 그렇지 어떻게 라은이를 깜빡할 수가 있지!

“저기, 경성여고보에 다닌다고 했지?”

미애가 고개를 끄덕였다.

“너네 학교에 혹시 사라은이라는 애 있어?”

미애가 태웅을 빤히 바라보자 태웅은 손짓 발짓을 해 가며 열심히 설명했다.

“몇 학년인지는 잘 모르겠는데 아마 일학년일 거야. 머리는 한 이만큼, 어깨 아래까지 내려오고 까만 생머리야. 머릿결도 꼭 기름 바른 것처럼 아주 반질반질해. 얼굴은 하얗고 눈은 쌍꺼풀이 없는데도 엄청 커. 이렇게 딱 쳐다보면 막 빛이 나오는 것처럼 반짝거리고. 또 입술은 새빨갛고 도톰해. 아, 그리고 라은이는 노래를 잘하고 춤도 잘 춰. 혹시 너네 학교 축제 같은 거 있니? 그런 게 있으면 그냥 넘어갈 애가 아닌데."

미애의 표정이 새초롬해졌다. 태웅은 그것도 모르고 눈치 없이 미애를 재촉했다.

"잘 좀 생각해 봐. 혹시 학교에서 그런 애 본 적 있는지. 걔가 한 번 보면 절대 까먹을 수가 없는 얼굴이거든."

미애가 계속 입을 꾹 다물고 있자 태웅은 초조해져서 덧붙였다.

"지난번에 전차에서 마주쳤는데 어디 사는지 알 수가 있어야지. 꼭 찾아야 하는데. 그때 라은이가 넘어져서 다친 것 같았거든."

미애가 톡 쏘아붙였다.

"우리 학교에서 그런 애는 못 봤어."

태웅이 실망한 표정으로 말했다.

"흰 저고리에 검은 치마를 입고 책보를 들고 있는 걸 보면 분명 여학교에 다니는 것 같았는데. 다른 학교 다니는 네 친구들한테도 좀 물어봐 줄래?"

"걔가 누군데 그래? 전차에서 보고 첫눈에 반한 거야?"

"아니, 그런 게 아니고. 설명하기 좀 복잡한데 아무튼 오래전부터 알던 애야."

"흥, 난 이쪽이야. 먼저 간다."

미애가 쌩 하고 등을 돌리더니 책보를 감싸 안고 왼쪽 길로 걷기 시작했다.

"꼭 좀 물어봐 줘!"

태웅이 미애의 등에 대고 소리를 질렀지만 미애는 뒤도 돌아보지 않고 뛰어갔다.

8
안씨 부인의 비밀

태웅이 미애와 헤어져 집으로 들어서는데 안채 쪽이 시끌시끌했다. 마침 삼촌이 안채에서 행랑채로 건너오는 걸 보고는 물었다.

"안채에 누가 왔어요?"

"구라파인지 양코배기 나라에서 귀한 물건을 들여오는 비단 장수 왕서방이 와서 다들 구경한다고 난리법석이지 않네. 니도 한번 슬쩍 들여다보라우. 양코배기들이 쓰는 물건이라니 좀 신기하갔어?"

태웅은 호기심이 생겨 안채로 향했다. 등 뒤에서 삼촌이 중얼거리는 소리가 들렸다.

"양코배기 물건이 귀하긴 귀한가 보지. 검소하기 짝이 없는 마님이 안채에까지 비단 장수를 들이는 걸 보면."

안씨 부인의 방문 앞에는 행랑어멈부터 잔심부름하는 갑순이까지 집안의 여자들은 모두 모여 장사치가 벌여 놓은 물건을 구경하고 있었다. 태웅의 모친 춘실도 빠지지 않았다. 춘실은 보랏빛 팔찌를 손목에 걸쳐 보며 호들갑을 떨었다.

"곱다 고와! 바다 건너온 것이라 때깔이 다르구나. 아유, 이런 팔찌 한번 가져 봤으면 소원이 없겠네. 이건 얼마나 하나, 왕서방?"

왕서방이 검지를 들어보이자 춘실이 고개를 갸웃거리며 물었다.

"쌀 한 섬……?"

왕서방이 눈을 내리깔고는 고개를 천천히 저었다. 춘실이 눈을 크게 뜨고 다시 물었다.

"그, 그럼 열 섬?"

왕서방은 춘실을 지그시 바라보더니 다시 한 번 거만하게 고개를 저었다. 춘실은 입이 떡 벌어졌다.

"배, 배, 백 섬이란 말인가?"

"구라파 황실에서 황후님께 대를 이어 물려주던 팔찌입니다요, 마님."

왕서방은 뭘 그리 놀라냐는 듯 팔을 내저었다. 태웅은 기가 막혔다. 구라파 황후님이라니, 뻥을 쳐도 유분수지. 구라파는 유럽인데 유럽이 나라 이름도 아니고, 황실이 어디 있으며 황후는 또 어디 있단 말인가. 봉이 김선달 뺨치는 장돌뱅이가 어디서 싸구려 가짜 보석을 가져와서 말도 안 되는 사기를 치려고 들어.

하지만 춘실을 비롯한 나머지 사람들은 달랐다. 이 신비한 보랏빛을 보라는 둥, 역시 구라파 왕가의 물건은 다르다는 둥 저마다 한마디씩 보탰다. 태웅이 너무 어이가 없어 아무 말도 못하고 있는데 왕서방이 돌돌 말린 황금색 두루마기를 들고 일어섰다. 그는 안채 방

창가에 앉아 밖을 내다보고 있는 안씨 부인에게 두 손으로 공손하게 두루마기를 올렸다.

“진귀한 물건을 알아보시는 안목이 있는 분께만 특별히 소개해 올리는 그림입니다, 마님.”

안씨 부인이 두루마기를 펼쳤다. 태웅 쪽에서는 그림이 보이지 않았지만 팔찌 수준으로 짐작컨대 그림도 보나마나일 터였다. 태웅은 안씨 부인이 호통을 치며 당장 비단 장수인지 사기꾼인지를 쫓아내라고 호령하길 기다렸다.

“이런……!”

안씨 부인의 입에서 탄식이 흘러나왔다. 그럼 그렇지. 역시 안방마님은 뭐가 달라도 다르군.

“내 평생 이처럼 아름다운 그림은 처음 보네.”

엥? 태웅은 또 한 번 기가 막혔다. 왕서방은 흐뭇한 표정으로 고개를 끄덕였다.

“역시 마님께서 이 작품의 진가를 알아보실 줄 알았습니다. 구라파 최고 화가가 그린 걸작 중의 걸작이지요.”

“값이 얼만가?”

왕서방은 비장한 표정으로 손가락 다섯 개를 활짝 펼쳐 보였다.

“다섯이옵니다, 마님.”

저런 사기꾼을 보았나! 봉이 김선달이 대동강 물 팔아먹은 건 여기다 대면 애교네, 애교. 태웅은 더 이상 참을 수 없었다. 안채마님은 종욱이 엄마긴 하지만 내가 멍석말이 당할 때 대감마님을 말려 주었고 헛간에 갇혔을 때도 음식을 넣어 주신 분이 아닌가. 지금이야말로 은혜를 갚아야 할 때다. 저 엉터리 사기꾼한테 이대로 당하게 할 수는 없지!

“마님, 제가 그림을 한번 봐도 되겠습니까?”

갑자기 태웅이 나서자 안씨 부인은 의아한 표정이었지만 곧 고개를 끄덕였다. 태웅이 그림을 들여다보니 걸작은커녕 알록달록한 색으로 칠해진 조잡한 수준이었다. 태웅이 안씨 부인에게 그림을 돌려주며 말했다.

“이 그림은 제가 보기에는 쌀 오백 섬의 가치는 없는 것 같습니다. 다시 한 번 생각해 보시는 게 좋겠습니다.”

순간 안씨 부인의 눈동자에서 빛이 번쩍했다. 사방이 조용해졌다.

“네 이놈! 무엄하구나. 너 따위가 그림에 대해 무얼 안다고 감히 입을 놀리는 것이냐. 썩 물러가지 못할까!”

안씨 부인의 벼락같은 호령은 사기꾼 비단 장수가 아니라 태웅에게 쏟아져 내렸다. 태웅은 억울했지만 득달같이 달려든 하인 둘에게 끌려 행랑채로 쫓겨날 수밖에 없었다.

“아, 아니 저 마님! 제 얘기를 좀 들어보세요.”

태웅이 발버둥치며 외쳐 보았지만 안씨 부인은 아랑곳하지 않았다.

“어멈, 왕서방에게 그림값을 내 주게.”

문 밖으로 내동댕이쳐진 태웅은 허탈한 심정으로 사기꾼 왕서방이 기세등등하게 쌀 오백 섬을 실어 떠나는 뒷모습을 바라보았다.

태웅의 시련은 여기에서 끝나지 않았다. 저녁밥을 먹고 방으로 돌아와 보니 한지로 된 방문이 찢어져 있었다. 누군가 담 밖에서 돌을 던진 모양이었다. 문을 열어 보니 종이를 길게 접어 싸맨 돌멩이가 방바닥에 떨어져 있었다. 종이에는 '보고'라는 글자가 달랑 쓰여 있었다.

보낸 사람은 보나마나 준페이였다. 놈은 태웅이 이미 경성독서회 가입에 성공했고 첫 번째 모임까지 다녀온 것을 알고 있는 게 틀림없었다. 전에 미리 약속한 대로 오늘 밤 열두 시 창고로 나와서 모임 내용을 보고하라는 지시였다.

태웅은 준페이가 제 앞에서 거들먹거릴 생각을 하자 입맛이 다 떨어졌다. 양종욱을 손쉽게 제거하는 것은 좋지만 그러자고 준페이한테 무릎 꿇고 싶은 생각은 추호도 없었다. 둘을 한꺼번에 날려 보낼 방법은 없을까? 밤이 이슥해질 때까지 자리에서 뒤척이며 곰곰이 생각해 보았지만 뾰족한 수가 떠오르지 않았다.

열두 시가 가까워 오자 태웅은 할 수 없이 자리에서 일어났다. 소리를 낼까 조심조심 문을 열고 신발을 꿰어 신었다. 발뒤꿈치를 들고 살금살금 마당을 가로질렀다.

"뭐야!"

별안간 터져 나온 소리에 태웅은 놀라 뒤로 넘어갈 뻔했다. 주위를 살피니 다행히 아무도 보이지 않았다. 춘실의 방에서 수군거리는 소리가 들렸다. 태웅은 조심스럽게 마루 밑으로 기어 들어가 숨죽인 채 귀를 기울였다.

"홍서방이라고? 틀림없느냐?"

춘실의 목소리였다.

"네, 틀림없습니다요. 왕서방 그놈이 쌀 오백 섬을 팔고 받은 돈을 홍서방에게 전달하는 걸 제가 이 두 눈으로 똑똑히 봤다니까요. 역시 마님 촉은 대단하십니다."

처음 듣는 남자 목소리였다. 댓돌에는 춘실의 신발만 놓인 걸로 보아 남의 눈을 피해 춘실에게 보고하러 온 끄나풀인 것 같았다.

"그림값으로 쌀 오백 섬을 선뜻 내주라 할 때 내 이상하다 했지. 결국 남의 눈을 피해 홍서방에게 돈을 전달하려 했구먼. 그래, 홍서방은 그 돈을 들고 대체 어디로 간 게냐?"

"애들을 풀어서 뒤쫓게 했습니다만, 홍서방 그놈이 워낙에 귀신같이 발이 빠른 데다 뒤를 조심하는 놈이라 또 놓치고 말았습니다요."

"흐음. 비밀리에 홍서방에게 또 거액을 맡겼다?"

또? 태웅은 고개를 갸웃거렸다. 처음이 아니란 말이지. 홍서방은 안채 마님의 친정 쪽 심부름꾼이라고 했는데 그렇다면 안채 마님이 남몰래 재산을 친정으로 빼돌리기라도 한다는 말인가?

그때 방문이 소리 없이 열렸다. 태웅은 납작 엎드린 채 고개만 살짝 내밀어 남자를 주시했다. 쥐새끼처럼 생긴 남자가 고개를 내밀어 좌우를 살피고는 품에서 신발을 꺼내어 신더니 재빨리 사라졌다.

태웅은 한동안 그대로 엎드려 있었다. 춘실의 방에서 가늘게 코 고는 소리가 들려오고서야 태웅은 몸을 일으켜 살금살금 마루 밑에서 기어 나왔다. 달빛이 구름에 가려 지척도 분간할 수 없을 만큼 캄캄했다. 태웅은 약속 장소까지 가는 동안 몇 번이나 발을 헛디디고 넘어져서 흙바닥에 굴렀다.

"준페이 이 자식은 아직 안 왔나?"

태웅이 가쁜 숨을 몰아쉬며 컴컴한 주위를 두리번거리고 있을 때였다. 탁, 소리와 함께 정강이에 밀려 온 강렬한 통증에 태웅은 억, 소리를 내며 주저앉고 말았다.

"감히 나를 기다리게 해? 건방진 조센징 새끼, 아직 상황 파악이 안 되는 모양이군."

준페이가 각목을 내던지며 손을 털었다.

"치사하게 안 보이는 데서 공격을 해?"

"조센징들 시간 개념 없는 건 알고 있지만 내 심부름꾼이 되려면 머리통을 뜯어서라도 개조해야 할 거다. 다음에 또 날 기다리게 하면 어림없어!"

태웅은 머리끝까지 화가 치솟았지만 어쩔 수 없었다. '두고 보자'를 주문처럼 속으로 되뇌며 마음을 다스렸다.

"경성독서회에는 용케 가입을 했더군. 무슨 이야기가 오갔는지부터 말해 봐."

"별로 중요한 이야기는 없었는데."

준페이가 태웅의 뒤통수를 손바닥으로 후려갈겼다.

"아오, 좀 말로 하라고! 때리지 말고!"

태웅은 아프기도 하고 분하기도 해서 뒤통수를 부여잡은 채 팔짝 팔짝 뛰었다.

“중요한지 아닌지는 내가 판단한다. 너는 들은 이야기를 그대로 전해. 토씨 하나도 빠뜨리지 말고.”

“아 뭐, 일본인 학생들이랑 조선인 학생들이 싸웠는데 경찰에서는 왜 조선인만 잡아가냐, 교육 시설부터 학비 지원까지 조선인들은 계속 차별받아 왔다, 학교에서는 일본인 교사들이 조선 학생들을 모욕한다, 그런 불만을 서로 얘기하고.”

“양종욱이 발언한 내용 그대로 말해 봐.”

“그 자식은 경성독서회에서 별로 중요한 인물도 아니던데? 토론 내내 말 한마디 없이 구석에 찌그러져 있기만 했어.”

“단 한마디도 안 했단 말이야?”

“그렇다니까. 네가 잘 모르나 본데 그 새끼가 원래 그래. 사람들 앞에 나서서 막 발언하고 그럴 주변머리도 못 된다고.”

준페이는 잠시 머리를 굴리는 듯했다.

“불만만 이야기하고 앞으로 어떻게 하자는 얘기는 없었어? 일본 학생들에게 복수하자거나?”

“그런 얘기까지는 안 나왔는데.”

“흥. 겁쟁이 조센징들 같으니. 결국 옹기종기 모여서 뒷이야기나 하지 무서워서 나서지도 못하는군.”

아오, 내 밑에서 발닦개 노릇이나 하던 게! 주먹을 쥔 태웅의 손등에서 힘줄이 터질 듯 팽팽해졌다.

“지렁이도 밟히면 꿈틀한다는데 지렁이만도 못한 민족이군. 그러니 일본의 종노릇이나 하고 있을 수밖에.”

"뭐야!"

태웅은 더 이상 참지 못하고 준페이의 멱살을 잡고 벽으로 밀어붙였다. 준페이가 피식, 비웃음을 흘렸다.

"좋아, 바로 이거야. 이런 결기를 보여 달라고."

"뭐라고?"

"양태웅, 내 말 잘 들어. 다음 경성독서회 모임에 나가서는 이렇게 말해. 우리가 이렇게 당하고 있을 수만은 없다, 참고 있으니 일본 놈들이 우리를 우습게 알지 않느냐, 우리 다 같이 힘을 합쳐서 일본 놈들을 때려눕히러 가자!"

준페이의 멱살을 쥐고 있던 손에 힘이 스르르 풀렸다. 태웅은 머리가 아파 왔다. 이놈이 우리를 함정에 빠뜨리려는 것 같긴 한데 도대체 무슨 속셈인 거지?

"집단행동을 할 때는 양종욱이 절대로 빠지지 못하게 해. 무슨 수를 써서라도 데리고 나가란 말야. 양종욱이 앞에 나서면 더 좋고. 무슨 말인지 알겠지?"

준페이의 째진 눈이 비열하게 빛났다.

폭력 사건에 얽히게 해서 양종욱을 다시 경찰서에 잡아넣겠다, 이거군. 태웅은 재빨리 계산기를 튕겼다.

"그건 곤란한데. 그럼 나도 또 경찰서에 잡혀갈 거 아니야."

"네 안전은 내가 보장한다. 전에 말했잖아, 요시하라 순사 부장님이 내 외삼촌이시라고."

"널 어떻게 믿지? 사냥이 끝나면 사냥개는 삶아 먹는 법인데."

"뭘 바라는 거야?"

"나한테도 카드가 하나는 있어야지."

"헛소리하지 마. 너 아니어도 나한테 협조할 조센징은 얼마든지 있어. 어디서 건방을 떨어?"

태웅은 잠시 침묵하다 순순히 고개를 끄덕였다.

"좋아. 네가 말한 대로 하지."

"보기보단 머리가 돌아가는 놈이군. 네 말대로 넌 내가 부리는 사냥개라는 걸 잊지 않는 게 좋을 거다."

준페이가 자리를 뜨고 나서도 태웅은 한참을 그 자리에 앉아 있었다. 벌건 눈에서 이글거리는 분노의 불빛이 암흑의 공기를 갈랐다.

9
사죄하라, 사죄하라!

등교하는 태웅의 뒷덜미를 누군가 다급하게 낚아챘다. 눈살을 찌푸리며 뒤돌아본 태웅의 앞에 동수가 숨이 넘어갈 듯 헉헉거리며 서 있었다.

"뭐야?"

"서, 성철이가, 겨, 경성중에……."

"뭐라는 거야? 제대로 좀 말해 봐."

"박성철 그 자식 무슨 짓을 할지 몰라. 빨리 가 보자."

동수 뒤를 따라 달려 온 까까머리 남학생이 다급하게 외쳤다. 등교하던 경성고보 학생들은 삼삼오오 모여 웅성거리더니 곧 까까머리 뒤를 따라 뛰기 시작했다. 여전히 가쁜 숨을 몰아쉬고 있는 동수에게 태웅이 물었다.

"무슨 일인데? 성철이가 왜?"

"성철이 누이가 일본인 집에서 식모 노릇하거든. 그런데 며칠 전에 스스로 목숨을 끊었대. 주인집에서는 누이가 도둑질하다가 들켜서 목을 맨 거라고 했는데 알고 보니 그게 아니었대."

"그러면?"

"주인집 아들이 몹쓸 짓을 한 모양이야. 그놈이 경성중에 다닌대. 성철이가 그놈 찾아간 것 같은데 우리도 얼른 가 보자."

경성독서회 모임에서 다부지게 발언하던 성철의 작지만 단단한 모습이 떠올랐다. 태웅은 동수를 따라 뛰려다가 멈칫했다. 양종욱을 폭력 사건에 얽히게 하라는 준페이의 말이 떠올랐던 것이다.

"자, 잠깐. 너 먼저 가라."

의아한 표정의 동수에게 태웅이 다급하게 물었다.

"너 혹시 양종욱 못 봤냐?"

"그 약해빠진 자식은 데려가서 뭐하게. 지금은 네 주먹이 필요해. 한시가 급하다니까. 빨리 가자!"

"안 돼! 그 자식이 꼭 있어야 한다고."

태웅은 똥 마려운 강아지처럼 안절부절 못하며 종욱을 찾아 헤매기 시작했다. 동수는 태웅의 뒷모습을 보며 고개를 갸웃거리다가 이내 경성중을 향해 뛰었다.

태웅이 마침내 종욱을 찾아 경성중 앞에 도착했을 때 이미 판은 커질 대로 커져 있었다. 운동장 한구석에 일본 학생들이 구름떼처럼 모여 둘러싼 채 큰소리로 야유를 퍼붓고 괴성을 지르며 발을 굴러 대고 있었다. 태웅과 종욱은 일본 학생들 틈으로 파고 들어가려고 했지만 쉽지 않았다.

"아, 좀 비켜 보라고! 이 쪽발이 새끼들아."

태웅은 있는 힘을 다해 밀어 보았지만 숫자가 워낙 많아 이내 다시 원 밖으로 튕겨 나오고 말았다.

"에잇, 안 되겠다."

태웅은 옆에 있는 소나무로 기어 올라갔다. 꼭대기에 오르자 원 가운데 상황이 한눈에 보였다. 성철이 두 명의 일본 학생 손에 붙잡혀 무릎을 꿇고 있었다. 눈은 퉁퉁 부어올랐고 머리에서는 시뻘건 피가 뚝뚝 떨어지고 교복도 갈기갈기 찢긴 채였다. 밤송이 같은 머리카락이 아니었으면 성철이라는 걸 알아보기 힘들 정도였다. 옆에 동수를 비롯한 서너 명의 조선 학생들도 비슷한 꼴로 저마다 일본 학생들 손에 잡혀 있었다.

"이 자식들이! 도대체 얼마나 팬 거야?"

태웅의 손에 잡힌 나뭇가지가 우두둑 소리를 내며 부러졌다.

경성중 모자를 단정하게 쓴 녀석이 다가와 성철의 턱을 손가락으로 치켜 올리더니 말했다.

"한 번 더 지껄여 보시지. 네 누이에게 뭘 어쩌라고?"

부어올라 반쯤 감긴 성철의 눈에서 이글이글 타오르는 빛이 번쩍거렸다.

"사죄해라. 네 놈한테 당하고 억울하게 희생된 내 누이에게 사죄해."

모자의 입술이 비웃듯 일그러졌다.

"사죄? 내가 왜? 돈 맛을 보더니 네 누이가 먼저 치마 걷고 나자빠지던걸? 하여간 조센징 년들은 돈이라면 사족을 못 쓰니까."

둘러싼 무리에서 상스러운 괴성이 터져 나왔다.

"꺄아! 제발 한 번 더 덮쳐 주세요! 쌀 한 섬이면 아리가토!"

일본 학생들의 야유와 비웃음이 성철의 작은 몸을 후려갈기는 듯했다.

"미개한 조센징에게 그동안 은혜를 베풀었더니 고마운 줄 모르고. 네가 입고 있는 그 교복도 우리집 돈으로 산 것 아니던가?"

성철은 묶여 있는 주먹을 뻗어 모자를 후려치려고 했지만 옆에 있던 두 일본 학생에게 잡혀 꼼짝할 수 없었다.

"으아아아아!"

보다 못한 태웅이 나무 위에서 막 뛰어내리려는 찰나, 괴성을 지르며 종욱이 모자에게 달려들었다. 힘도 약해빠진 자식이 철옹성 같은 구경꾼 무리를 어떻게 뚫고 들어왔는지 모를 일이었다. 어디서 구했는지 종욱의 손에는 각목이 하나 들려 있었다.

종욱이 각목으로 모자의 머리를 내려치는 순간, 모두 놀란 틈을 타 성철과 동수, 그리고 잡혀 있던 조선 학생들이 일본 학생들의 손아귀에서 빠져나왔다. 그들은 닥치는 대로 일본 학생들의 배를 머리로 들이받고 발로 차고 주먹을 휘둘렀다.

잠시 주춤했던 일본 학생들은 곧 어마어마한 반격을 시작했다. 숫자로 보나 힘으로 보나 상대가 안 되는 싸움이었다. 인정사정 봐주지 않는 주먹과 발길질에 여기저기에서 조선 학생들이 픽픽 나가 떨어졌다. 덩치 네 명이 달려들어 종욱의 팔과 다리를 붙잡았다. 누군가 모자에게 쇠막대기를 건네주었다. 모자는 잡혀 있는 종욱을 향해 비웃음을 한번 날리더니 쇠막대기를 휘둘러 종욱의 배를 쳤다. 종욱이 쿨럭이자 입에서 시뻘건 피가 울컥 쏟아졌다.

그 순간, 누군가 힘껏 던진 솔방울이 정통으로 날아가 모자의 뒤통수를 맞혔다. 인상을 잔뜩 쓴 모자가 고개를 돌리자 양손에 나뭇가지를 든 태웅이 서 있었다. 태웅은 고개를 오른쪽으로 꺾어 우두둑 소리를 냈다.

"컴 온 베이비. 내가 상대해 주지."

태웅이 모자를 향해 빛의 속도로 발차기를 날렸다. 순식간에 뒤로 넘어가 주저앉은 모자의 양쪽 콧구멍에서 코피가 주르륵 흘렀다. 모자는 손으로 피를 슥 닦더니 이글거리는 눈빛으로 말했다.

"저 조센징 새끼, 죽여 버려!"

십여 명의 독기 어린 일본 학생들이 태웅을 둘러쌌다. 태웅은 침을 꿀꺽 삼키고 주먹을 꽉 쥐었다. 담임이 데리고 갔던 수요 집회에서 비를 맞으며 일본 대사관 앞에서 사죄하라고 외치던 위안부 할머니들의 모습이 떠올랐다. 그때는 비 오는데 구질구질하게 이런 데는 왜 데리고 오는 거냐고 투덜거리기만 했는데 지금 생각하니 피가 거꾸로 솟을 일이었다. 이 나쁜 새끼들이 도대체 몇 십 년 동안이나 사과도 안 하고 버티고 있는 거야!

"사죄해라, 양심도 없는 새끼들아! 사죄하라고! 지금 당장!"

태웅은 울분에 차서 번개처럼 발을 날렸다. 한 놈의 턱이 날아갔다. 또 한 놈, 또 한 놈. 그리고 곧이어 뒤통수에 느껴지는 강렬한 통증과 함께 태웅은 쓰러졌다. 태웅의 등 위로 발길질이 쏟아져 내렸다. 태웅은 점점 정신을 잃어갔다.

호루라기 소리가 귀청을 때렸다. 발소리도 요란했다. 태웅이 눈을 떠 보니 순사들이 잔뜩 와서 학생들을 잡아가고 있었다. 한 순사가 와서 태웅의 멱살을 잡아 일으켰다.

"여기도 조센징! 끌고 가!"

두 명의 순사가 달려 와서 태웅의 양 옆구리를 잡았다. 태웅은 이미 끌려 와 있던 한 무리의 학생들과 한데 묶였다. 순사들이 태웅 무리를 명태처럼 한 줄에 꾀어 끌고 간 곳은 종로경찰서의 유치장이었다. 좁은 유치장 바닥이 가득 차도록 학생들을 계속 밀어 넣어서 앉을 자리조차 마땅치 않았다. 그런데 그곳엔 온통 조선 학생들만 있는 것이 아닌가. 태웅은 화가 나서 소리쳤다.

"뭐야, 아까 쇠막대기 휘두르던 놈은 안 잡아온 거야? 단체로 우릴 개 패듯 패던 놈들도?"

누군가 힘없는 목소리로 대답했다.

"경성중 학생은 신원이 확실하니 교사들에게 인도한다더라."

태웅이 맞받아쳤다.

"그럼 우린 뭐야? 우리도 학교로 보내면 되는데 왜 잡아가는 거야?"

"보면 모르냐. 조선인들만 경찰서로 끌고 가는 거야. 일본인과 싸우면 조선인만 잡아간다고."

"이런 제길, 아얏!"

태웅은 주먹을 쾅 내리치다가 찌르는 통증에 이마를 찡그렸다. 아무래도 손목에 금이 간 모양이었다.

"괜찮냐?"

어디선가 낯익은 목소리가 들렸다. 눈가는 피멍이 들어 시커먼 데다 찢어진 입술에는 말라붙은 핏자국이 선연한 종욱이 걱정스러운 표정을 하고 있었다.

"네 걱정이나 해라."

태웅은 종욱을 외면하며 말했다. 다친 얼굴을 보자 마음이 편치 않았다. 태웅이 굳이 찾아서 끌고 가지 않았으면 종욱은 다칠 일도, 유치장에 갇힐 일도 없었을 터였다.

"시끄럿! 모두 조용히 해!"

간수가 곤봉으로 철창을 마구 내리치더니 매서운 눈길로 유치장 안을 살폈다.

"너! 이리 나와!"

간수가 지명한 학생은 경성고보 삼학년생인 김재일이었다. 재일은 걱정스러워하는 후배들에게 고개를 끄덕여 보이고는 간수를 따라갔다. 남은 학생들은 서로를 바라보며 불안한 표정을 감추지 못했다.

"원한과 분노뿐인 조선 남아야."

누군가 낮은 목소리로 노래하기 시작했다.

"고국산천 떠나서 이역만리에 고독과 벗을 삼아 누개성상을."

"간난신고 하는 것은 무엇 때문이냐."

작은 목소리들이 하나씩 더해지더니 노랫소리는 곧 우렁찬 외침이 되었다.

"수림 속 닭이 우니 고성의 종소리

밤은 가고 낮 온다고 천하에 울리네

더운 피 끓는 동지들 용진해 가자

희망의 빛은 다가왔다 반도 강산에."

한자가 섞여 있어 무슨 뜻인지 정확히는 알지 못했지만 힘찬 노랫소리를 들으니 태웅도 힘이 솟는 기분이었다.

"저, 저건……! 이 자식들이!"

"아니, 저럴 수가!"

수군거리는 소리에 밖을 내다보니 한눈에 보기에도 위중해 보이는 학생 두 명이 순사 두 명에게 들리다시피 끌려오고 있었다.

"쟤들은 피를 많이 흘려서 병원에 실려 갔었는데 환자들까지 끌고 오다니."

"천하의 나쁜 놈들 같으니라고."

여기저기에서 분노 섞인 욕이 터져 나왔다. 주먹으로 바닥을 마구 내리치는 학생들도 있었다. 태웅도 분을 참을 수 없었다.

"아오, 진짜 저것들이! 경찰이 저러니 어디다 하소연할 데도 없고. 이런 게 바로 나라 잃은 한이구나. 안 그러냐, 종욱아?"

종욱은 미동도 없이 앉아 있었다. 태웅이 힐끔 보니 종욱의 눈에서는 뜨거운 눈물이 흐르고 있었다. 태웅은 그만 입을 다물었다.

잠시 뒤 간수가 먹을 것을 가져왔다. 노란 메주덩어리와 배춧잎 몇 개가 떠 있는 멀건 국이었다. 태웅은 하루 종일 아무것도 먹지 못

해 뱃가죽이 등에 달라붙을 지경이었지만 썩은 생선 비린내가 나는 국을 보자 구역질이 나왔다.

"먹어 둬. 체력이 있어야 버티지."

옆에 있던 선배가 태웅을 보고 말했다. 태웅은 메주덩어리에 붙은 콩을 조금 떼어 입에 넣었다. 음식이 담긴 식판을 잔반통에 던져 버렸던 신기고 급식마저 사무치게 그리웠다.

'영양사 선생님, 조리사 아주머니들, 제가 잘못했어요. 그 맛있는 음식을……. 다시 돌아가면 급식 절대로 남기지 않을게요.'

태웅은 퍽퍽하고 군내 나는 콩을 씹으며 속으로 중얼거렸다.

간수에게 불려나갔던 삼학년 김재일이 돌아온 건 한참이 더 지나서였다. 그는 다리에 힘이 없는지 제대로 걷지도 못했고 얼굴이 퉁퉁 부어 눈도 제대로 못 뜰 지경이었다. 벌어진 저고리 사이로 피멍이 시커멓게 든 자국이 여기저기 보였다.

"재일아!"

"선배님!"

학생들은 김재일을 눕힐 수 있게 자리를 내어 주었다.

"나쁜 놈들. 사람을 이 지경이 되도록 때리다니."

학생들은 너나 할 것 없이 나서서 교복 셔츠를 찢어 재일의 얼굴에서 흐르는 피를 닦아 주고 팔다리를 정성껏 주물렀다. 고통스러운 신음 소리가 구석에 웅크리고 앉은 태웅의 귀에 날아와 박혔다. 태웅은 두 손으로 귀를 막았다. 이것이 태웅의 진짜 삶이 되고 말까 봐 두려웠다.

"소등!"

간수의 외침에 불이 꺼졌다. 어둠이 세상을 집어삼킨 것처럼 눈앞이 캄캄해졌다. 유치장은 학생들로 가득 차 누울 자리가 없었다.

"자리를 마련해 보자. 일학년생부터 눕혀."

선배들은 어린 후배들을 위해 기꺼이 자리를 내주었다. 덕분에 태웅은 웅크리고 새우잠이라도 청할 수 있었다. 찬 바닥에서 냉기가 올라와 몸이 덜덜 떨렸다. 한 선배가 말없이 윗옷을 벗어 태웅의 몸을 덮어 주었다. 태웅의 눈앞에 어둠을 가르는 한 줄기 빛이 보이는 것 같았다. 지옥 같은 유치장의 어둠 속에서 학생들은 스스로 빛을 만들어 내고 있었다.

"양태웅, 이리 나와!"

깜빡 잠이 들었던 태웅은 자신을 부르는 소리에 소스라쳐 잠이 깼다. 유치장 안은 아직 캄캄했다. 순사가 태웅을 데리고 간 곳은 지난번에 간 적이 있는 지하 취조실이었다. 잠시 뒤 문이 열리고 준페이가 들어섰다.

"멍청한 줄 알았더니 기대 이상인걸?"

준페이가 빙글빙글 웃으며 말했다.

"제법이야. 아주 잘했어."

태웅이 고개를 숙이고 물었다.

"어떻게 할 거야?"

"양종욱 그 자식 말인가? 그거야 판사님들 마음대로지. 난들 알겠어?"

준페이가 어깨를 으쓱하며 덧붙였다.

"하지만 이 정도 사건의 주모자라면 적어도 십 년 정도는 감방에서 썩어야 하지 않겠어?"

태웅이 고개를 쳐들고 소리쳤다.

"주모자라니? 그 자식은 구경하다 싸움에 끼어든 것뿐이잖아!"

준페이가 태웅의 턱을 움켜쥐고 낮은 목소리로 말했다.

"이제 와서 이거 왜 이러시나. 양종욱을 그 자리로 데리고 간 당사자께서."

태웅과 준페이는 치열한 눈싸움을 벌였다.

"생각이 바뀐 건 아니겠지? 지금이라도 원하면 밀정 노릇 그만두고 네가 양종욱 대신 십 년 동안 감방에서 썩든지."

태웅은 아랫입술을 깨물며 눈을 떨구었다.

"넌 내보내 줄 테니까 가소롭게 굴지 말고 조용히 앉아서 다음 지시나 기다려."

준페이가 태웅의 머리를 쓰다듬으며 말했다.

"개는 주인이 시키는 대로만 하면 되는 거야. 묻지도 따지지도 않고 말이야."

준페이가 나가고 철문이 닫혔다.

쾅!

태웅은 주먹으로 있는 힘껏 벽을 내리쳤다. 금이 간 손목에서 찌르는 통증이 전해졌지만 태웅은 계속해서 벽을 치고 또 쳤다.

10
비밀 조직원의 정체

며칠 뒤, 태웅이 고등빙수상점 이층에 있는 경성독서회의 비밀 장소에 들어서자 동수가 놀란 얼굴로 물었다.

"태웅아, 너 어떻게 빠져나왔어? 그 자리에 있던 조선 학생들 모조리 잡혀갔다던데."

태웅은 당황해서 더듬거렸다.

"나, 나야 재빨리 빠져나와서 도망쳤지. 내가 달리기가 좀 되잖아. 그러는 넌?"

"일본 애들이 너무 많았잖아. 상대가 안 되길래 애들 모아서 데리고 가고 있었거든. 도착했더니 이미 순사들이 쫙 깔렸더라고."

그때, 대협이 문을 열고 들어오며 말했다.

"종로경찰서에 다녀오는 길이다."

모두의 눈길이 대협을 향해 쏠렸다.

"그놈들이 쉽게는 풀어 주지 않을 모양이야. 한일 학생 간 충돌이 계속되면 곤란하니까 초반에 본때를 보이려는 거지. 잡혀간 애들이 고생이 심할 텐데 걱정이다."

동수가 자리에서 벌떡 일어서더니 외쳤다.

"잡혀간 학우들 이대로 당하게 둘 겁니까? 그 안에서 어떤 고통을 겪고 있을지 안 봐도 알지 않습니까."

분노에 차서 호응하는 외침들이 마구 터져 나왔다.

"지금 당장 학우들을 모아 종로경찰서 앞으로 달려갑시다. 잡아가려면 일본 학생들도 똑같이 잡아가라고! 왜 우리 조선 학생들만 잡아가는 거냐고!"

"치사한 경성중 자식들, 우리가 가서 다 때려눕힙시다!"

"일인 교사들도 그냥 두면 안 됩니다. 오늘 저희 학교에서 교사들이 뭐라고 한 줄 아십니까? 개도 주인을 물지 않는 법인데 조센징들은 은혜를 모른답니다. 미개한 조선을 근대화시켜 준 일본에게 덤벼든다면서요."

"가서 다 때려 부숩시다! 학교도, 경찰서도! 모두 다 부숴 버립시다!"

"억울하고 분해서 이대로는 살 수 없습니다. 뭔가 합시다!"

울분에 찬 외침들이 메아리쳤다. 어둡고 좁은 방은 이내 흥분과 열기와 분노로 가득 찼다. 몇몇 학생들은 주먹으로 책상을 내려치고 또 몇몇은 눈가를 훔쳤다.

대협이 입을 열었다.

"여러분!"

낮지만 울림이 있는 목소리였다. 이어서 조용히 안경을 치켜 올리는 행동만으로도 들끓던 분위기가 어느 정도 잦아들었다.

"여러분의 마음 충분히 이해합니다. 얼마나 분하고 억울한지 잘 알고 있습니다. 저 역시 똑같은 마음입니다. 그러나!"

대협이 말을 끊고 주위를 둘러보았다. 눈물이 그렁그렁한 채 자신을 바라보는 학생들과 눈을 맞추며 그들의 마음까지 어루만지는 따뜻한 눈길이었다.

"지금 우리의 성난 화살은 목표를 잃고 아무 곳으로나 날아가기 쉽습니다. 잠시 마음을 가라앉히고 생각해 봅시다. 우리의 화살이 날아가 꽂혀야 할 곳이 어디인가를! 그것은 바로 일본 제국주의입니다."

대협의 목소리가 높아졌다.

"일본 학생들이 왜 우리 조선의 여학생들을 우습게 알고 희롱합니까. 잘못된 행동에 맞서 사과하라는 요구를 어찌해서 무시합니까. 교사들과 순사들은 왜 일본 학생들의 편만 들고 일방적으로 조선 학생들만 처벌합니까. 그것은 일제가 우리 조선을 강제로 점령하고 있기 때문입니다. 우리 민족이 힘이 없어서 일제에 나라를 빼앗겼기 때문에 이렇게 당할 수밖에 없는 것입니다."

동수의 날선 목소리가 대협의 말을 잘랐다.

"또 그 이야기입니까. 지금은 나설 때가 아니다. 억울하게 당해도, 친구가 경찰서에 잡혀 가도, 결국 학생들은 가만히 앉아 공부나 해라 그 말입니까!"

대협이 미간을 찡그렸다. 숫제 달래는 목소리였다.

"섣불리 나섰다가는 학생들의 피해만 커질 겁니다."

동수가 자리에서 벌떡 일어섰다.

"우리의 주장은 결코 잘못된 게 아닙니다. 학생이라고 해서 자존감을 짓밟힌 채 살아갈 순 없습니다. 우리의 친구들이 죄 없이 고통받고 있는데 우리를 개 취급하는 일인 교사들의 가르침이나 받아 적고 있어야겠습니까!"

동수의 말에 동조하는 웅성거림이 점점 커져 갔다. 대협은 작게 한숨을 내쉬었다.

"다른 학우들의 의견도 들어봅시다."

대협의 눈이 태웅과 마주쳤다. 태웅은 얼른 눈길을 피했지만 소용없었다.

"양태웅 군, 군의 의견을 말씀해 주십시오."

태웅은 정말 끼어들고 싶지 않았다. 하지만 모두의 눈이 자신을 향해 쏠려 있었다. 특히 미애는 기대에 차서 반짝거리는 눈빛을 마구 쏘아 댔다. 어쩔 수 없었다.

"저, 그게, 그러니까……."

에라 모르겠다, 태웅은 될 대로 되라는 심정으로 말해 버렸다.

"조선은 독립을 합니다. 그렇게 정해져 있거든요. 그러니까 지금이 정확히 몇 년도인지 알면 제가 앞으로 해방되기까지 얼마나 남았는지 딱 말씀드릴 수가 있는데……. 하여간 확실한 건 일본이 전쟁에서 패하고 우리 조선이 독립할 날이 곧 온다는 거죠."

태웅의 말에 대협은 망치로 머리를 세게 얻어맞은 것 같은 표정이었다. 잠시 정적에 휩싸였던 방 안은 곧이어 더 큰 웅성거림으로 들썩였다.

이런 거 얘기해도 되나? 천기누설했다고 막 하늘에서 벌주고 그런 거 아니야? 태웅은 꺼림칙했지만 이미 뱉은 말을 주워 담을 수는 없었다.

"어떻게 그런 확신을……. 정말 대단한 신념을 가졌군요. 군을 보면서 제 마음속에 있었던 작은 의심과 불안까지 반성합니다."

대협의 목소리가 떨렸다. 미애는 양손을 모은 채 태웅을 향해 선망에 가득 찬 눈빛을 날렸다. 모두의 눈길이 태웅에게 쏠려 있었다. 태웅은 자신을 둘러싼 엄청난 오해가 눈덩이처럼 불어나는 모습을 속수무책으로 보고 있을 수밖에 없었다. 오해를 풀자고 미래에서 왔다고 말할 수는 없는 노릇이었다.

태웅의 발언 이후 활기를 띤 동수의 주장은 급물살을 탔다. 학생들은 직접 행동에 나서기로 정하고 구체적 방안을 논의했다. 동맹휴학을 제안한 건 대협이었다.

"어느 한 학교만 나서면 곤란합니다. 그 학교 학생들만 다치고 끝나게 될 겁니다. 많은 학교가 연대해서 행동한다면 저들도 쉽게 보지는 못할 겁니다. 경성독서회 회원들이 각자의 학교에서 학생회를 통해 동맹휴학을 의결하고 다 함께 행동에 나서기로 합시다."

"좋습니다. 우리도 함께하겠습니다."

경성고보, 중앙고보, 경성여고보와 중동학교 등 그 자리에 있던 모든 학생들이 동맹휴학에 동참하기로 결의했다. 대협이 학생들의 주장을 담은 격문을 작성했다. 갑론을박을 통해 수정된 격문은 다음과 같았다.

조선 학생이여, 가만히 있지 말고 투쟁하라! 우리의 행위가 정당함에도 불구하고 오직 조선인이라는 이유로 감옥에 보내는 것을 보고 있지 않은가? 학무국의 억지 처벌! 경찰의 제멋대로의 악형! 끌려간 학우들을 위해 일어서라! 악독한 일본 제국주의는 우리를 굴종적인 노예로 길들이려 한다. 조선어와 조선의 역사를 배우지 못하게 하고 일제의 충복이 되기를 강요한다. 3천 남녀 학생 제군이여, 우리 조선을 위해 싸우자!

거사 날짜는 사흘 뒤인 11월 3일, 일왕 메이지의 생일인 명치절로 잡혔다. 그날은 일본인들에게는 근대화를 이룬 메이지유신의 상징, 메이지 천황의 탄생을 축하하는 기념일이었지만 전통적으로 음력을 쓰던 조선인들에게는 10월 3일, 즉 단군의 고조선 건국을 기념하는 개천절이었다. 조선인들은 자신들의 시조를 기념하는 날에 일본 천황의 생일을 축하하며 일본 국가인 기미가요를 불러야 했던 것이다.

동맹휴학에 동참하기로 한 학생들은 메이지천황 탄생기념행사에서 기미가요 부르기를 거부하고 일교시가 시작되는 종소리에 맞추어 학교 밖으로 뛰쳐나와 "조선 학생 석방"과 "조선 독립 만세"를 외치며 거리 시위를 하기로 마음을 모았다.

격문을 깃발처럼 만들어 학생들에게 나누어 주고 시위할 때 흔들자는 의견이 나왔다. 문제는 등사판을 사용하기 어려워서 일일이 필사를 해야 하는데 그러기에는 시간이 부족했다.

"비밀리에 도와줄 사람이 있습니다."

대협이 태웅에게 은밀한 눈빛을 보냈다. 독립에 대한 확신을 밝혀 토론의 흐름을 바꾼 태웅에게 보내는 신뢰의 표시였다. 태웅은 얼떨결에 경성독서회의 비밀 조직원에게 필사할 격문을 배달하는 막중한 책임을 맡게 되었다.

태웅이 옷 속에 격문을 숨기고 찾아간 곳은 비밀 조직원이 있다는 명월관이었다. 대문에는 청사초롱이 매달려 있고 드넓은 마당에 날아갈 듯 기와를 얹은 집이 널찍하게 들어서 있었다. 대협에게 들은 대로 초선을 만나러 왔다고 하자 한복을 입은 나이든 여자가 별채 쪽 작은 방으로 안내해 주었다.

'비밀 조직원이 혹시 기생인가? 히힛, 예뻤으면 좋겠다.'

태웅이 앞선 상상으로 혼자 킥킥거리고 있는데 미닫이문이 열렸다. 화사한 꽃분홍 치마 밑으로 하얀 버선코가 보였다. 태웅이 왠지 부끄러워 고개를 못 들고 있는데 낯익은 목소리가 물었다.

"정 선생이 보내서 왔나요?"

태웅은 심장이 내려앉는 것 같았다. 그토록 찾아 헤맸던 그녀의 목소리를 여기에서 듣게 될 줄이야.

“라, 라은아.”

라은, 아니 명월관 기생 초선에게서는 희미한 꽃향기가 났다. 초선은 동백기름을 발라 싹싹 빗어 곱게 쪽을 진 머리에 파란 저고리와 꽃분홍 치마를 입고 나비처럼 살포시 앉아 있었다. 태웅은 왠지 라은을 똑바로 바라볼 수가 없어 고개를 외로 꼬고 있었다.

라은은 태웅을 뚫어지게 보더니 고개를 갸웃거렸다.

“그런데 어디서 뵌 적이…….”

“전에 왜 전차에서 일본 애들한테…….”

라은의 얼굴이 환해졌다.

“아, 그때 그분이셨군요. 그 일로 곤란하지는 않으셨나요?”

태웅은 머리를 긁적였다.

“그냥 뭐, 별일 없었어.”

“그렇다면 다행이에요. 일본인에게 손찌검만 해도 경을 치니 혹시 경찰서에 잡혀가지나 않았는지 걱정했어요.”

태웅은 라은이 걱정했다는 말에 입이 벌어졌다.

“그런데 독립운동을 하는 분이셨군요. 저를 도와주실 때 좋은 분이란 생각은 했지만 이렇게 대단한 분이신 줄은 몰랐어요.”

태웅은 그저 헛웃음만 나왔다.

“대, 대단은 무슨…….”

“제가 도와드릴 일은 뭐예요?”

“아 참, 각 학교에서 동맹휴학을 결의하고 거리에 모여서 시위를 할 때 쓸 거야.”

태웅은 품에서 격문을 꺼내 라은에게 내밀었다.

"태극기도 그리면 좋겠어요. 여기에 저를 도와줄 친구들이 몇 명 있어요. 지금부터 시작해서 오늘 밤새 하면 될 거예요."

"그거 좋은 생각이다. 저기, 나도 같이 해도 돼?"

라은이 기쁜 표정으로 고개를 끄덕였다. 태웅은 그저 좋아 또 입이 헤 벌어졌다. 태웅이 난데없이 식민지 경성에 와서 이 고생을 하고 있는 것도 라은에게 잘 보이려는 마음 때문이었건만 그런 건 아예 따질 생각조차 하지 못했다.

라은의 뒤를 따라간 곳은 명월관 별채 한 구석에 헛간처럼 보이는 허름한 곳이었다. 문을 열자 붓과 종이, 물감 등이 놓인 커다란 책상이 여럿 놓여 있고 조악하나마 등사판까지 있었다. 말하자면 조선식 불법 인쇄소인 셈이었다. 곧이어 서너 명의 사람들이 눈인사를 하며 차례로 들어왔다. 기생처럼 보이는 한복을 입은 여자도 있고 양복을 입은 남자도 있었다. 그들은 익숙하게 롤러에 잉크를 묻혀 등사판을 걸고 격문을 찍어 냈고 한편에선 태극기를 그리기 시작했다.

라은과 태웅도 한쪽 책상에 자리를 잡고 앉아 작업을 시작했다. 태웅은 라은이 태극기 그리는 것을 물끄러미 보다가 물었다.

"기명이 초선이라고 했지? 그런데 어쩌다가 기생이 된 거야?"

라은은 태극 문양에 붉은 칠을 하며 말했다.

"제가 태어나기 전에는 작은 땅이나마 조상 대대로 물려받은 농토가 있어서 열심히 농사지어 그럭저럭 먹고살 만했대요. 그런데 총독부가 토지조사사업을 한다며 신고를 하라고 했는데 아버지는 글을 몰라서 못 했대요. 이웃에 사는 지주가 대신 신고를 해 준다고 해서 믿고 있었는데 알고 보니 그 사람이 우리 땅을 자기 것으로 신고해 버린 거였어요. 눈 뜨고 앉아 전 재산을 도둑맞은 거지요."

"뭐? 그걸 그냥 놔둬?"

"아버지가 흉년이 들었을 때 그 사람에게 곡식을 조금 빌린 적이 있었는데 다 갚지 못했나 봐요. 그 지주 말이, 빚이 이자를 낳고 또 이자를 낳아서 눈덩이처럼 불어났으니 땅으로 대신 갚게 한 거라고 했대요."

"말도 안 돼. 그냥 당하고만 있었단 말이야?"

"돈도 없고 도와줄 이도 없으니 당하고 있을 수밖에요. 아버지는 화병이 나서 자리보전 하고 누워 계시다가 독립군이 되어 복수를 하겠다며 집을 나가셨대요."

"그래서 아버지는 어떻게 되셨어?"

라은은 물 맺힌 눈으로 태웅을 가만히 응시했다.

"그 뒤로는 소식을 몰라요. 사실 아버지 얼굴도 기억이 안 나요."

태웅은 안쓰러운 눈으로 라은을 바라보았다.

"뭐, 우리 같은 집이 한둘인가요. 나라 빼앗긴 백성들 사정이 다 거기서 거기지요."

"그럼 어머니가 혼자 널 키우신 거야?"

"남정네 없는 집에 소작을 줄 리도 없고 먹고살 길이 막막해서 제가 다섯 살때 엄마가 절 여기에 동기로 팔았어요."

"뭐? 어린 기생 말이야?"

"네. 저도 좋다고 했어요. 기생이 되면 굶지 않아도 되니까요. 제가 원래 노래하고 춤추는 것도 좋아하고요."

"아무리 그래도 그렇지. 무슨 엄마가 딸을 기생집에 팔아넘겨?"

태웅은 기가 막히고 화가 치솟았다. 라은은 태웅의 눈을 똑바로 바라보며 말했다.

"전 엄마를 원망하지 않아요. 여기로 데려왔을 때 엄마랑 저는 둘 다 굶어 죽기 직전이었으니까요. 제가 진짜 미워해야 할 대상이 누구인지 전 똑똑히 알고 있어요. 우리 땅을 빼앗은 총독부와 동척, 그리고 친일파 지주 놈이지요. 아버지처럼 저도 그놈들한테 복수할 거예요. 제가 경성독서회 일을 돕는 것도 그래서예요."

라은의 단호한 말에 태웅은 고개를 끄덕일 수밖에 없었다.

둘은 한동안 말없이 태극기만 그렸다. 태웅은 어쨌든 라은과 함께 있다는 것이 기뻤다. 계속 이야기를 나누고 싶었다.

"참 그런데, 난 네가 학교에 다니는 줄 알았어. 그때 전차에서 책보를 들고 있었잖아."

"아, 그건. 기생처럼 보이면 거리에서 쳐다보는 사람들이 많아서요. 수작 거는 남자들도 있고."

태웅은 수작 건다는 말에 발끈하며 말했다.

"어떤 놈들이? 엉? 앞으로 그런 놈들 있으면 나한테 말만 해. 내가 다 해결해 줄 테니까."

라은은 조그맣게 웃었다.

"그때 같이 계시던 분 있잖아요. 성함이 양종욱이라고. 아는 분이세요?"

태웅은 갑자기 기분 확 잡친다는 듯 인상을 썼다.

"종욱이 그놈은 갑자기 왜?"

"일본 학생들한테 많이 맞았을 텐데 감사 인사라도 드리고 싶어서요."

"그놈은 지금 감옥소에 있어."

"네? 왜요? 그때 그 일로요?"

태웅은 라은의 반응이 너무 크자 좀 신경이 쓰였다.

"그건 아니고 다른 일로."

"무슨 일로……?"

태웅은 대답하기가 망설여졌다. 종욱이가 끌려 간 사연을 말하자면 성철이 이야기부터 다 설명해야 했다. 그러면 일본 학생들한테 맞서다 끌려간 종욱이가 너무 멋있어 보일까 걱정이었다. 라은이가 딴 놈도 아닌 양종욱을 멋지다고 생각하는 건 안 될 일이었다. 태웅은 잠시 고민하다 툭, 말을 던져 버렸다.

"도, 도둑질을 해서."

"정말요? 도둑질을 할 사람은 아닌 것 같던데."

"야, 도둑은 뭐 이마에 나 도둑이오, 하고 써 붙이고 다니는 줄 알아?"

"전차에서 일본 학생들한테 맞서는 걸 보면 의로운 분 같던데요."

"의롭기는. 그놈이 알고 보면 얼마나 치사하고, 어? 뒤로 호박씨 까는 줄 놈인 줄 알아?”

태웅은 말하면서 참 입맛이 썼다. 치사하고 뒤로 호박씨 까는 놈은 바로 자신이 아닌가. 에잇, 전생에 와서 이미지 다 구기네. 얼른 서열 정리하고 다시 내 자리로 돌아가야지. 태웅은 다시 한 번 결심하며 태극에 벅벅 물감 칠을 했다.

11
동맹휴학의 물결

경성독서회를 중심으로 학생투쟁지도본부가 꾸려지고 그날을 향한 모든 준비가 착착 진행되어 갔다. 각 학교 학생회를 통해 동맹휴학을 결의한 학교들도 빠르게 늘어갔다. 징계, 퇴학, 투옥, 더 나아가 목숨을 바칠 각오까지 해야 하는 일이었지만 그동안 분노가 쌓일 대로 쌓인 조선 학생들은 서로의 어깨를 의지하며 함께 투쟁할 의지를 활활 불태울 뿐이었다.

명월관 비밀 인쇄소에서 제작한 격문과 태극기는 지게에 실려 거적으로 위장한 채 각 학교 대표들에게 전달되었다. 고등빙수상점 이층에서는 경성독서회 회원들이 모여 밤이 늦도록 다음날 있을 거사를 위해 마지막 준비를 하고 있었다.

끼익끼익.

난데없이 바이올린 줄 고르는 소리가 모두의 시선을 집중시켰다. 언제 가져왔는지 대협이 바이올린을 들고 있었다. 대협은 눈을 지그시 감고 바이올린을 연주하기 시작했다. 여리고 고운 선율이 좁고 어두운 방 안을 부드럽게 감싸 안았다. 다들 하던 일을 잠시 멈추고 대협의 연주에 귀를 기울였다.

"아리라앙 아리라앙 아 라아리이 요오~."

대협은 아리랑의 선율을 연주하고 있었다. 하나둘 나직한 음성으로 아리랑을 따라 부르기 시작했다. 태웅마저 숙연하게 만드는 분위기였다. 어느새 태웅의 옆으로 옮겨 앉은 미애는 눈을 감은 채 고개를 끄덕이며 나지막한 소리로 아리랑 가사를 읊조렸다. 미애의 눈가에 눈물이 그렁그렁 맺혔다. 미애가 태웅의 귀에 대고 속삭였다.

"대협 선배님은 원래 시를 쓰고 싶었대. 나는 말이야, 우리가 얼른 나라를 되찾아서 대협 선배님이 투쟁의 격문 대신 아름다운 시를 쓰면 좋겠어."

태웅이 미애를 물끄러미 바라보다 물었다.

"넌…… 무섭지 않아? 아버지 반대를 무릅쓰고 어렵게 학교에 들어왔는데, 내일 시위에 참가했다가 학교에서 쫓겨나기라도 하면 어쩔 거야?"

미애는 잠시 침묵하다 대답했다.

"내가 신식 학교에 가고 싶었던 건 사람답게 사는 방법을 배우기 위해서였어. 부모님이 정해 주는 대로 알지도 못하는 남자에게 시집가서 평생 남이 정해 놓은 대로 사는 건 사람답게 사는 삶이 아니니까. 내일 시위에 나가는 건, 조선 사람으로 조선에서 사람답게 살기 위해서야. 학교에서 배우고자 했던 것을 싸워서 얻어 내려고 하는 거야. 난 이번에도 자신 있어. 상대는 우리 아버지보다 훨씬 강력하긴 하지만."

미애는 생긋 웃었다. 태웅은 미애를 향해 미소 지으며 말했다.

"몸조심해. 다치지 않게."

"응, 그럴게. 너도."

"걱정 마. 난 일본 천황도 두렵지 않은 천하무적이니까."

태웅의 허세에 미애는 큰 소리로 웃음을 터뜨렸다. 미애와 함께 깔깔 웃느라 태웅은 동수가 자신을 의심스러운 눈길로 바라보고 있는 걸 알아차리지 못했다.

마침내 '그날'의 아침이 밝았다.

아침 조회 시간에 열린 메이지 천황 탄생 기념 행사에서 고쿠보 교장은 소리 높여 메이지유신의 위대함을 찬양하고 일본 정신의 함양을 부르짖었다. 먹이를 가리가리 잡아 뜯는 하이에나처럼 집요한 그의 훈화가 끝나고 마침내 기미가요의 전주가 운동장에 울려 퍼졌다. 한 치의 흐트러짐도 없이 도열한 경성고보의 학생들은 다부진 눈빛을 교환하며 의지를 다졌다.

전주가 끝나고 합창 부분이 시작되었지만 학생들의 굳게 다문 입은 열리지 않았다. 텅 빈 반주 소리만 확성기를 타고 하염없이 흘러나올 뿐이었다. 고쿠보 교장의 굵은 눈썹이 꿈틀거렸다. 구령대 아래 차렷 자세를 하고 일렬로 늘어서 있던 교사들은 당황한 얼굴로 교장의 눈치를 살피다가 학생들 사이로 황급히 달려갔다. 그들은 도열해 있는 학생들의 정강이를 발로 마구 차며 윽박질렀다.

"합창해! 입을 벌리란 말이얏!"

학생들은 무릎이 꺾여 그 자리에 주저앉았다가도 벌떡 일어났다. 그러나 반주가 끝날 때까지 입을 열어 기미가요를 노래하는 학생은 단 한 명도 없었다.

화가 머리끝까지 치솟은 고쿠보 교장은 구령대에 올라 이를 갈며 학생들을 노려보다 큰소리로 외쳤다.

"긴급회의! 모든 교직원은 지금 당장 교무실로 모이도록!"

교실로 돌아간 학생들은 평소와 다름없이 책상 위에 교과서를 꺼내 놓고 수업 준비를 한 채 앉아 있었다. 그러나 일교시 시작을 알리는 종이 울리는 순간, 경성고등보통학교는 스물일곱 개의 교실에서 동시에 책상을 미는 소리로 떠나갈 듯했다. 자리에서 일어선 학생들은 매우 빠른 속도로, 그러나 질서정연하게 교실을 빠져나갔다. 일부 학생들은 창문으로 뛰어내리기도 했다.

조회 시간에 일어난 소동으로 교무실에 모여 긴급회의 중이던 교사들은 난데없는 소란에 놀라 복도로 나오려 했다. 하지만 교무실 문은 이미 학생들이 옮겨 둔 책상과 의자로 막혀 아무리 힘을 써도 열리지 않았다. 고쿠보 교장은 서둘러 경찰서에 신고를 하려 했지만 전화선도 이미 끊겨 있었다. 복도에 나와 있던 두어 명의 교사들이 학생들을 막으려고 했지만 수백의 성난 발길에 차이고 밟혀 바닥에 쓰러지고 말았다.

"너희들은 다 퇴학이야! 감옥에서 평생 썩게 할 거야! 이 조센징

놈들!"

역사 담당 교사 스에마쓰가 복도에 쓰러진 채 주먹을 휘두르며 소리를 질렀다. 태웅이 스에마쓰의 귀에 대고 조그맣게 속삭였다.

"이봐요, 선생님. 제가 임나일본부설 같은 가짜 역사 말고 진짜 역사가 될 사건을 알려 드릴까요? 나중에 조선인이 무서워 일본으로 돌아가시더라도 절대 나가사키와 히로시마에는 가지 마세요. 거기에 원자폭탄이 떨어질 거거든요. 아셨죠?"

태웅은 자신을 노려보는 스에마쓰의 등을 탁탁 두드려 주고는 친구들을 따라 교문을 나섰다.

거리는 각 학교에서 쏟아져 나온 학생들로 인산인해를 이루고 있었다. 학생들은 손에 쥔 태극기를 흔들고 격문을 뿌리며 줄지어 1차 집결지인 경성역 앞 광장으로 향했다.

"조선인을 차별하는 일본 경찰 물러가라!"

"식민지 노예교육을 철폐하라!"

"조선 학생 만세! 조선 독립 만세!"

학생들의 물결 속에서 구호가 연이어 터져 나왔다. 지나던 어른들도 함께 손을 흔들며 만세를 불렀다. 일본인도 보였지만 학생들의 수가 워낙 많으니까 어쩌지 못하고 두려운 얼굴로 몸을 피했다.

"철창에서 신음하는 교우들을 구하자!"

경성고보 학생들 사이에서 새로운 구호가 나왔다. 그러더니 한 학생이 소리 높여 검거된 학생들의 이름을 외치기 시작했다.

"경성고보 양종욱, 박성철, 신영희……."

한 학생의 이름이 불릴 때마다 경성고보 학생들이 다함께 거리가 떠나가라 그 이름을 함께 외쳤다.

"양종욱!"

"박성철!"

"신영희!"

"이 학생들은 용감하게 일본인 학생들과 싸우다가 경찰에 잡혀 지금 모진 고문을 받고 있습니다. 교우 여러분, 이들이 모두 석방될 때까지 함께 싸웁시다!"

"와!"

그때였다. 갑자기 태웅의 눈앞이 환해지더니 눈부시게 흰 저고리에 검은 치마 차림을 하고 사람들에게 격문과 태극기를 나눠 주고 있는 라은이 눈에 들어왔다. 이 많은 사람 속에서, 하필 종욱의 이름을 모든 학생이 외치고 있는 순간 라은과 눈이 마주치다니 태웅은 지지리 복도 없는 자신의 처지를 한탄했다.

"일본 경찰은 죄 없는 조선 학생들을 즉시 석방하라!"

"석방하라!"

"다시 한 번 잡혀간 학우들의 이름을 다함께 외칩시다! 양종욱!"

"양종욱!"

힐난하는 라은의 눈빛을 애써 외면하며 태웅은 죽어라 외쳤다.

"조선 독립 만세!"

경성역 앞 광장은 모여 든 학생들로 발 디딜 틈이 없었다. 수백 명은 족히 되어 보였다. 한쪽에는 경성여고보, 중앙여고보 등 여학생들 무리도 있었다. 그 속에서 미애가 태웅을 발견하고 태극기를 흔들며 활짝 웃었다. 또래 여학생들 사이에 서 있는 미애를 보니 유난히 덩치가 작아 보였다. 저렇게 조그만 아이가 알고 보면 속은 얼마나 당찬지, 태웅은 미애를 향해 손을 흔들며 저도 모르게 씩 웃었다.

광장 앞에서는 대협이 확성기를 들고 연설을 하고 있었다.

"학생 여러분! 우리 정의를 위해 싸웁시다! 여러분 앞에는 온갖 회유와 협박, 어려움이 있을 것입니다. 그러나 그 앞에 굴복한다면 지금처럼 굴욕적으로 살아갈 수밖에 없습니다. 우리는 자랑스러운 역사를 가진 조선 민족입니다. 우리의 역사를 부정하고 조선인을 모욕하는 일본에게 더 이상 당하고 있지 않겠습니다. 이제는 일본 제국주의의 노예로 살지 않겠습니다! 우리의 피로 독립을 쟁취해 냅시다!"

대협의 연설에 학생들은 광장이 떠나갈 듯 뜨거운 함성으로 대답했다.

"조선 독립 만세! 조선 학생 만세!"

태극기의 물결이 출렁였다.

'이야, 이거 정말 신나는데!'

태웅은 마치 일제 강점기 세트장에 와서 영화라도 찍는 기분이었다. 수많은 사람들과 거리에서 '조선 독립 만세'를 외치니 자신이 독립운동가라도 된 양 으쓱한 기분도 들었다. 옆에 있는 학우와 어깨를 겯고서 가사도 잘 모르는 '학도가'를 목청껏 따라 부르기도 했다.

"학도야 학도야 생각하여라

우리의 할 일이 그 무엇인가

자나 깨나 쉬지 말고 학문 넓혀서

좋은 사람 되는 것이 이것 아닌가."

광복은 1945년이다. 아직은 그때가 아니라는 건 알지만 태웅은 이 기세를 몰아 당장이라도 독립을 쟁취할 것 같은 생각마저 들었다.

"탕!"

매캐한 연기가 순식간에 퍼져 코를 찔렀다. 어느새 나타난 순사들이 공포탄을 쏜 것이다. 뒤를 돌아보니 말을 탄 순사들은 물론 총칼로 무장한 순사들까지 그 수가 어찌나 많은지 끝이 보이지 않았다. 그들은 막무가내로 몽둥이를 휘두르며 학생들을 제압하기 시작했다.

"으악!"

여기저기에서 몽둥이에 얻어맞은 학생들이 머리를 감싸 쥔 채 나뒹굴고 있었다. 개처럼 질질 끌려가는 학생, 저항하다 두 팔과 다리를 번쩍 들린 채 끌려가는 학생, 피 흘리며 죽은 듯 쓰러져 있다 그대로 끌려가는 학생도 있었다. 아비규환 같은 소란 속에서 태웅은 갑자기 정신이 번쩍 들었다.

'이건 영화가 아니야. 실제야!'

그때 몽둥이가 태웅의 머리를 내리쳤다. 휘청, 하고 쓰러지는 태웅의 두 팔을 순사가 잽싸게 낚아챘다. 축 늘어진 채 질질 끌려가던 태웅의 귀에 찢어지는 비명 소리가 들려왔다. 몇 발자국 앞에서 미애가 순사에게 머리채를 잡힌 채 끌려가고 있었다. 미애의 이마에서는 붉은 피가 뚝뚝 흘러내리고 있었다. 미애는 끌려가면서도 악을 쓰며 외쳤다.

"일본 경찰은 물러가라! 조선 독립 만세!"

"닥치지 못해! 어린 것이 누가 시켜서 이런 짓을 하는 거야!"

"누가 시켜서 하다뇨. 일본에는 애국심도 없는 식충이들만 있나 보죠? 조선 사람은 삼척동자도 나라를 사랑할 줄 안다고요!"

"뭐야? 이 독한 계집애!"

독이 잔뜩 오른 순사는 미애의 머리채를 확 잡아채더니 있는 힘껏 뺨을 내리쳤다. 미애의 작은 몸이 힘없이 땅으로 털썩 떨어졌다. 순사가 쓰러진 미애에게 마구 발길질을 했다.

"감히 누구에게 식충이라고? 죽어, 이 계집애야! 죽어!"

순사가 군홧발로 있는 힘껏 미애의 배를 걷어찼다. 미애의 입에서 시뻘건 피가 울컥 울컥 쏟아져 나오는데도 순사는 무자비한 발길질을 멈추지 않았다.

"그만해! 그만하라니까!"

태웅이 미친 듯이 소리를 질렀지만 그는 아랑곳하지 않았다. 계속되는 발길질에 미애의 눈동자가 하얗게 뒤집어졌다. 태웅은 심장이 터져 버릴 것 같았다. 태웅은 마구 몸부림을 쳐서 자신의 팔을 붙들고 있는 놈의 턱에 강력한 헤딩을 날리고는 미애에게 달려갔다. 아직도 미애에게 발길질을 하고 있는 순사를 향해 제가 가진 모든 힘과 분노를 모아 주먹을 날렸다.

"이 나쁜 새끼!"

태웅은 그에게 계속해서 주먹질을 했다.

"이 애는 사람답게 살고 싶어 한 죄밖에 없단 말이야."

태웅의 눈에서 눈물이 쉴 새 없이 흘러나왔다. 마침내 순사가 나가 떨어졌다. 태웅은 미애에게 달려갔다.

"미애야!"

태웅은 피범벅이 된 미애의 두 뺨을 어루만졌다.

"너 자신 있다고 했잖아. 이대로 포기하면 안 돼."

"태웅아, 조선은 꼭 독립할 거라고 했지? 나도 그렇게 믿어. 우리는, 조선은 꼭 해낼 거야. 조선 사람이, 조선에서, 사람답게……사는……세……상."

태웅은 미애를 안고 정신없이 소리쳤다.

"그래, 곧 그런 세상 올 거야. 그러니까 힘내. 눈 좀 떠 보라고!"

미애가 자꾸만 감기는 눈을 애써 뜨고 태웅을 바라보았다.

"그런 세상에서 다시 만나면…… 너도 나…… 좋아해 줘야 해. 약속해 줄 거지?"

미애의 입가에 희미한 미소가 번지는가 싶더니 곧이어 고개가 힘없이 툭 떨어졌다. 태웅의 눈에서 눈물이 뚝뚝 떨어졌다.

"안 돼! 미애야! 안 돼!"

"너 이 새끼! 감히 일본 순사를 쓰러뜨려?"

태웅의 등에 몽둥이가 내리꽂혔다. 태웅은 그 자리에 쓰러졌다.

"미애야, 미애야!"

질질 끌려가면서도 태웅은 계속해서 미애의 이름을 목 놓아 불렀다.

12
배신자는 누구인가

쾅!

준페이는 신경질적으로 책상을 내리쳤다.

"빠가야로! 왜 그렇게 멍청한 짓을 한 거야? 대일본제국의 순사를 때려눕히다니."

태웅은 종로경찰서 지하 취조실에 넋 나간 표정으로 앉아 있었다. 쓰러진 채 피 흘리던 미애의 흰 눈자위가 머리에서 떠나질 않았다.

"널 빼내려고 얼마나 고생을 한 줄 알아? 얌전히 앉아서 시키는 일이나 잘하라고 했잖아!"

태웅의 눈에서 불이 번쩍 했다. 총칼을 든 일본 순사 앞에서도 기죽지 않고, 조선 사람은 삼척동자도 나라를 사랑할 줄 안다고 당당히 외치던 미애의 목소리가 머릿속에서 메아리쳤다.

"양종욱이 어제 석방됐다. 그놈 아버지가 위에다 돈을 댄 모양이야. 제길, 이번에는 확실히 보내 버리려고 했는데!"

준페이는 제 분을 못 이기고 책상을 발로 뻥뻥 걷어찼다. 종욱이 석방된 바람에 다시 태웅의 손을 빌려 음모를 꾸미려고 했는데 엉뚱하게 태웅이 끌려 와 갇혀 있었으니 화가 날 만도 했다.

"잘 들어라, 양태웅. 이번 일만 잘 해내면 지난 실수는 용서해 주겠어. 지난번 시위로 각 학교에는 휴교 조치가 내려졌어. 얼마나 많은 학생들이 퇴학을 당했는지 아나? 그것뿐인가? 감옥소가 모자랄 정도로 잡아들이기까지 했는데 동맹휴학과 시위는 계속되고 있어. 오히려 다른 지역으로까지 확산되고 있지. 조직이나 배후가 없다면 불가능한 일이야. 그렇지?"

태웅은 준페이를 노려보았다.

"무슨 말을 하려는 거야?"

"학생 시위의 배후에는 조직화된 세력이 있다. 사회주의 사상에 빠져 대일본제국에 도전하고 조선의 독립을 기도하는 아주 위험한 단체지. 이름은 뭐라도 상관없어. 그럴 듯하게 한번 만들어 보지. 조선사회주의연구회, 이런 건 어때?"

준페이는 연극이라도 하는 듯 과장된 표정으로 어깨를 으쓱했다.

"조선사회주의연구회에서는 학생들을 조종해서 대일본제국을 전복할 목적으로 폭력 시위를 기획했고 학생 총책임자로 양종욱을 지명했다. 양종욱은 일본인에게 앙심을 품은 박성철을 꾀어 경성중 앞으로 보냈고 그가 여러 명의 일본 학생들에게 폭행당하는 상황을 만들어 조선 학생들의 분노를 이끌어 냈다. 이후 양종욱은 경성독서회를 통해 각 학교 학생 대표에게 동맹휴학과 폭력 시위를 제안했다.

어때? 이 정도면 치안유지법 위반으로 평생을 감옥소에서 썩게 할 만한 죄목이 되려나?"

"조직화된 배후 같은 거, 난 몰라. 학생들은 누가 시켜서 그 자리에 나간 게 아니야. 저마다 쌓인 분노를 참지 못해서 퇴학도 투옥도 각오하고 나간 거라고. 그저 사람답게 살고 싶다는 바람 하나로 목숨까지 내놓아 가면서 맨손으로 구호를 외친 거라고! 양종욱도 마찬가지고! 그렇게 말도 안 되는 이야기를 지어내면서까지 양종욱을 못 잡아먹어서 안달인 이유가 도대체 뭐야?"

준페이는 태웅에게 얼굴을 바짝 갖다 대면서 물었다.

"하, 이거 왜 이러시나? 충직하던 일본의 개가 갑자기 정의의 용사로 거듭나시다니?"

준페이가 서류 봉투를 던지며 말했다.

"넌 오늘 석방될 거야. 이걸 양종욱의 방에 적당히 숨겨 둬. 곧 수색이 있을 테니 그때 잘 발견될 수 있도록 해 두란 말이야."

준페이는 이글거리는 눈으로 자신을 노려보는 태웅에게 비웃음을 날리며 덧붙였다.

"네가 양종욱 대신 조선사회주의연구회 학생 총책이 되고 싶지 않으면 말이야."

고개를 푹 숙인 채 준페이의 뒤를 따라 취조실을 나가는 태웅을 유심히 바라보는 눈길이 있었다. 손목을 포승줄에 묶인 채 순사를 따라 취조실로 향하고 있던 동수였다. 동수는 준페이의 검은 교복에 달린 경성중 배지와 태웅을 번갈아 노려보며 아랫입술을 깨물었다.

해질 무렵, 준페이가 던진 서류 봉투를 손에 든 채 감옥소에서 나온 태웅은 집으로 가려던 발걸음을 돌렸다. 라은이 못 견디게 보고 싶었다. 라은의 치마폭에 얼굴을 묻고 어린애처럼 펑펑 울고 싶었다. 그럴 수 있다면 구정물 같은 기분이 조금 나아질 것도 같았다.

명월관 대문 앞 청사초롱은 환하게 불을 밝히고 있었다. 시끌벅적한 음악 소리와 술에 취한 사람들의 목소리가 대문 밖까지 들려왔다. 태웅은 망설이다 대문 안으로 들어섰다. 하얀 앞치마를 두른 앳된 여자아이가 비질을 하다 태웅을 보고 허리를 굽혀 인사했다.

"혼자 오셨어요?"

태웅은 손사래를 치며 말했다.

"그게 아니라, 초선이를 만나러 왔는데요."

"초선 언니는 지금 손님이랑 이야기하는 중인데요. 잠시 저쪽에서 기다리고 계세요."

태웅은 여자아이가 안내하는 대로 마당 한구석에 있는 의자에 가 앉았다. 여자아이는 비질을 하다 잠시 뒤 누군가 부르는 소리에 부엌으로 들어갔다. 태웅은 주변을 살피면서 살그머니 일어나 지난번 라은을 만났던 별채 쪽 작은 방으로 향했다. 초선이가 손님이랑 단둘이 방에 있다고 생각하니 신경이 쓰여 견딜 수가 없었던 것이다.

라은의 방문 앞 댓돌에는 조그마한 꽃신 옆에 남자의 검은 구두가 한 켤레 놓여 있었다. 그것을 보자 태웅은 가슴 속에서 천불이 일어나는 것 같았다. 태웅은 숨을 몰아쉬고 살금살금 다가가 방문에 귀를 갖다 댔다.

"양영석이 며칠 동안 총독부 고관들과 여기에 와서 술을 진탕 마시더니, 결국 성공했군요."

"종욱이 그놈이 아비 잘 만난 덕에 잘도 빠져나갔지. 하지만 이번엔 어림없을걸."

"증거는 확실히 심어 놓은 거예요?"

"그럼, 양종욱 이복동생에게 시켜 두었지. 그놈은 내가 시키는 대로 착실히 잘 움직이는 충직한 개거든."

"그러다 믿는 개한테 물리는 거 아니에요?"

"후훗, 지 에미가 정실 부인 자리를 노리듯이 그놈도 양씨 집안 장손 자리를 노리고 있거든. 목표한 바가 같으니 믿어도 좋아."

문 밖에서 엿듣고 있던 태웅의 얼굴은 하얗게 질려갔다. 구두의 주인은 분명 태웅이 아는 목소리였다. 그 비열한 목소리를 조금 전까지 듣다 왔으니 착각할 리 없었다.

"조선사회주의연구회라, 아주 그럴 듯했어. 초선인 얼굴만 예쁜 게 아니라 머리도 비상하단 말이야."

"나랑 손잡으면 후회 안 할 거라고 했잖아요."

"후후, 요전 날 전차에서 진주를 알아 본 내 안목 덕이라고 할까?"

"그렇다고 해 두지요."

태웅은 다리에 힘이 풀려 풀썩 주저앉을 것만 같았다. 엉금엉금 기다시피 문 앞에서 물러나 벽 뒤로 숨었다.

잠시 뒤, 방문이 열리더니 준페이가 나왔다. 댓돌 위에 놓인 검은 구두를 신고 뚜벅뚜벅 걸어가는 준페이의 뒷모습을 태웅은 핏발 선

눈으로 노려볼 뿐이었다.

명월관에서 나온 태웅은 자꾸 다리가 휘청거려 걸음을 멈춰야 했다. 골목길 담벼락에 기댄 태웅의 벌건 눈에서 눈물이 비죽 솟아나왔다. 라은이가 준페이 놈과 한패라니 믿을 수가 없었다. 하지만 자신의 귀로 똑똑히 듣지 않았던가. 그렇다면 독립운동을 도와주고 있는 것도 정보를 빼내기 위해서였단 말인가. 경성독서회의 활동을 캐내 준페이에게 넘기기 위해서?

태웅은 머릿속이 혼란스러워 견딜 수가 없었다. 담벼락에 머리를 쿵쿵 찧고 있을 때였다.

"양태웅!"

나직한 외침에 고개를 들었더니 낯익은 얼굴들이 보였다. 경성독서회 회원 세 명이 굳은 표정으로 태웅에게 다가오고 있었다. 순간적으로 태웅은 때마침 만난 그들에게 격문 인쇄를 도와준 명월관의 비밀 조직원 초선이 실은 준페이와 한패라는 것을 알려야 하나 고민했다.

그런데 그들의 표정이 심상치 않았다. 세 명의 회원은 태웅을 위협하듯 둘러쌌다. 그 중 얼굴에 큰 흉터가 있는 녀석이 먼저 입을 열었다.

"경성중 히로아키 준페이, 그놈과 내통을 했다고?"

태웅은 놀라 입이 쩍 벌어졌다.

"너희들 벌써 알고 있었어?"

"대단한 민족의식을 가진 줄 알고 존경했는데 알고 보니 일본 놈의 밀정이었다니!"
태웅은 차라리 잘됐다는 심정으로 말했다. 자신의 입으로 라은을 고발하지 않아도 되니 말이다.
"나도 너무 충격이었어. 초선이 방에서 나가는 그놈을 내 눈으로 똑똑히 보아 놓고도 믿을 수가 없어. 너희들은 어떻게 알게 된 거야?"
흥터가 태웅의 멱살을 와락 잡으며 말했다.
"초선이라니 무슨 수작이야, 양태웅! 그동안 너한테 속은 걸 생각하면 분해서 잠이 안 온다!"
"무, 무슨 소리야?"
흥터는 어안이 벙벙한 태웅을 노려보며 으르렁거리듯 말했다.
"뒤져!"
그러자 나머지 두 명이 달려들어 태웅의 옷자락을 다짜고짜 잡아 뜯기 시작했다.
"이거 봐!"
태웅의 윗옷 안주머니에서 준페이가 건넨 서류 봉투가 나왔다. 흥터가 봉투를 찢고 안에 든 종이 몇 장을 꺼냈다. 조선사회주의연구회 조직도, 회칙, 행동 강령 등이 적혀 있었다.
"김동수 말이 맞았어. 양태웅 이 자식, 증거 조작까지 해 가며 우리를 위험에 빠뜨리려고 하다니!"
"일본 놈의 개가 되어 제 이복형까지 모함한 치사하고 더러운 놈!"
"민족의 배신자, 용서하지 않겠다!"

태웅은 어쩔 줄 몰라 허둥댔다.

"아, 아니 저기 난 그게 아니라……."

흥터가 태웅의 배를 있는 힘껏 가격했다. 태웅이 배를 움켜쥐고 쓰러졌다. 흥터가 태웅의 등에 발길질을 했다.

"조선은 꼭 독립을 할 거라고? 그렇게 정해져 있다고? 달콤한 말로 우리를 꾀어 놓고 너는 일본 놈한테 붙어서 뭘 얻었지?"

"친구들이 민족 해방을 외치며 흘린 피를 팔아먹어? 네가 그러고도 조선 사람이냐!"

다른 두 명도 합세해서 태웅을 주먹으로 마구 내리치고 발로 걷어찼다. 태웅은 꼼짝도 하지 않고 웅크린 채 쏟아지는 매를 견디고 있었다. 뭐라도 변명이라도 하고 싶었지만 따지고 보면 사실이니 할 말도 없었다.

"거기 학생들, 뭐하는 거야? 그만두지 못해!"

누군가의 외침에 세 명의 경성독서회 회원들은 발길질을 멈추었다. 태웅은 맞아서 팅팅 부은 눈을 힘겹게 떴다. 저 멀리서 흰 두루마기를 걸친 남자가 달려오고 있었다.

"내 뒤에 순사도 오고 있어!"

그 말이 떨어지기 무섭게 셋은 손을 털고 물러났다. 흥터는 태웅의 얼굴에 침을 찍 뱉으며 마지막 말을 남겼다.

"다시 한 번 내 눈에 띄면 그냥 보내 주지 않을 거다, 절대로!"

흥터 패거리가 떠나고 태웅은 끙끙거리며 땅을 짚고 일어나려 했지만 땅바닥이 벌떡 일어나는 것처럼 느껴져 그 자리에 주저앉고 말았다. 두루마기가 달려와 태웅을 부축했다.

"사람을 이 지경이 되게 패다니. 아는 놈들이냐? 경찰서에 신고하러 가자!"

"놔두세요, 빚 갚은 거니까."

"뭐? 빚?"

"그런 게 있어요."

두루마기는 어깨를 으쓱하고는 이내 미소를 지으며 태웅의 등을 두드렸다.

"그럼 조심해서 가라. 곧 다시 만나게 될 거다, 양태웅."

태웅은 놀라 눈을 동그랗게 뜨고 물었다.

"저를 아세요? 아저씬 누구세요?"

태웅은 빙그레 웃고 있는 두루마기의 두툼한 입술을 뚫어져라 쳐다보다 고개를 갸웃거렸다.

"그러고 보니 낯이 무지하게 익은데……. 어디서 봤더라. 아, 잠깐만 실례할게요."

태웅은 엄지와 검지로 두 개의 동그라미를 만들어 당황하는 두루마기의 두 눈에 가져다 댔다.

"지금 뭐 하는 거야?"

"아하, 맞네, 맞아."

태웅이 회심의 미소를 지었다.

"아저씨 김구죠?"

"뭐?"

두루마기는 눈에 띄게 당황하며 주위를 살폈다.

"아저씨 김구 맞잖아요. 민족의 지도자, 백범 김구 선생. 와, 진짜 사진이랑 완전 똑같으시네. 근데 안경은 왜 안 쓰셨어요?"

두루마기가 황급히 태웅의 입을 틀어막았다.

"안 되겠다. 지금 당장 같이 좀 가야겠다."

두루마기가 태웅을 데리고 간 곳은 다름 아닌 태웅의 집 안방, 안씨 부인의 거처였다. 두루마기가 안씨 부인에게 무언가 속삭이는 동안 무릎 꿇고 앉은 태웅은 영문을 몰라 안절부절못했다. 따듯하지만 날카로운 눈초리로 한참을 말없이 태웅을 바라보던 안씨 부인이 마침내 입을 열었다.

"그래, 태웅이가 백범 선생님을 안다고?"

태웅은 두루마기와 안씨 부인을 번갈아 보며 조심스럽게 물었다.

"이분이……."

"이분은 백범 선생님의 아드님이시다. 상해 임시정부의 상황이 어려워져서 군자금을 모으러 조선에 오셨지. 우리는 이분을 홍서방이라고 부른단다."

"아, 바로 그 홍서방. 그럼 마님께서는……?"

두루마기가 굳은 표정으로 고개를 끄덕였다.

"오래전부터 독립운동에 필요한 군자금을 지원해 주고 계시지. 실은 이번엔 군자금이 아니라 다른 부탁을 드리려고 마님을 찾아 뵌 길이야."

안씨 부인이 미간을 찡그렸다.

"그 이야기라면 이미 끝난 것이오."

"하지만 태웅이 만한 적임자가 없습니다. 본인에게도 뜻을 물어봐야 하지 않겠습니까?"

"다시 말하지만 그런 위험한 일에 태웅이를 끌어들이는 건 절대로 허락하지 않을 것이오!"

안씨 부인의 단호한 말에 두루마기는 입을 다물고 말았다. 태웅은 도대체 무슨 일인지 궁금해 죽을 지경이었지만 눈치만 살피고 있었다. 안씨 부인이 태웅에게 다정한 목소리로 말했다.

"그간 네 이야기는 종욱이를 통해 종종 듣고 있었다. 경성독서회 활동이며 동맹휴학 시위며 민족을 위해 큰일을 하고 있더구나."

태웅은 목을 움츠렸다.

"그렇지 않아도 에미와는 달리 태웅이 너는 영특하면서도 뜻이 깊은 아이라 어릴 때부터 내가 아끼며 지켜보아 왔단다. 네게도 언젠가는 내가 하는 일에 대해 알릴 생각이긴 했다만 그게 오늘이 될 줄은 몰랐구나. 앞으로 활동하면서 내 도움이 필요하면 언제든 말하려무나. 힘닿는 데까지 도와줄 터이니."

태웅은 인자한 웃음을 띤 안씨 부인의 주름진 얼굴을 바라보며 생각했다. 다시는 이 올곧은 분 앞에서 부끄러워지고 싶지 않다고.

안씨 부인의 방에서 물러나온 태웅은 두루마기의 소맷자락을 움켜잡았다. 의아한 표정의 두루마기에게 태웅은 다짜고짜 물었다.

"그 위험한 일이란 게 대체 뭐예요?"

두루마기는 심각한 표정으로 태웅의 눈을 응시하다 입을 열었다.

"의열단이라고 들어봤니?"

태웅은 눈살을 찌푸렸다.

"그거 막 암살하고 폭탄 테러하고, 그런 거 아니에요?"

"우리는 무장투쟁이라고 한다만. 아무튼 의열단의 성과에 고무되어 상해 임시정부에서도 무장투쟁을 주요 활동으로 하는 한인애국단이라는 조직을 만들려고 준비 중이란다. 지금 전국 각지에서 비밀리에 조직원을 모으고 있지. 내가 부인께 태웅이 네가 한인애국단의 조직원이 되면 어떻겠냐고 여쭤 보았다."

"미쳤어요? 내가 무슨 안중근도 아니고."

"평소 네가 보여 준 의기라면 충분히 자격이 있다고 생각했다."

"사람 잘못 보셨어요. 전 여기서 개죽음 당할 생각은 눈곱만큼도 없다고요."

전 빨리 미션이나 완료하고 미래로 돌아가야 할 몸이라고요, 태웅은 속으로 덧붙였다. 두루마기가 태웅의 멱살을 움켜쥐었다. 치켜뜬 눈에서 분노 어린 불길이 치솟았다.

"뭐? 개죽음?"

"아, 아니 그러니까, 제 말은요."

"만주, 연해주, 상해!"

두루마기의 낮지만 강한 목소리가 태웅을 잡아 삼킬 듯 덮쳐 왔다.

"그리고 간도의 낯선 땅에서 추위와 배고픔과 싸워가며 투쟁하는 조선의 젊은이들이 있다. 거사 계획을 세울 때마다 그들은 서로 앞서 가겠다고 싸운다. 그들은 제 목숨을 내놓아서 독립의 날을 하루라도 앞당길 수 있다면 무엇도 아까울 게 없다는 청년들이다. 감히 너의 세 치 혀로 한번만 더 그들을 모욕하면 그 혀를 당장 뽑아 버리고 말 테다. 알겠나, 양태웅!"

두루마기가 태웅의 멱살을 던지듯 놓자 태웅은 막혔던 숨을 몰아쉬며 컥컥거렸다.

"네 말대로 내가 사람을 잘못 보았구나. 부인께서도 그걸 빨리 아셔야 할 텐데."

두루마기가 가 버린 뒤 태웅은 그 자리에 주저앉아 두 손으로 머리를 쥐어뜯었다.

13
마지막 희망

태웅은 밤새 잠을 이루지 못했다. 스스로의 모습을 돌아보니 지질해도 이렇게 지질할 수가 없었다. 신기고에서 제일 지질한 양종욱도 이 정도는 아니었다. 태웅은 세차게 고개를 저었다.

'이건 진짜 내가 아니야. 난 경성고보 양태웅이 아니라 신기고 차태웅이라고. 빨리 미션인지 뭔지 해결하고 다시 내 자리로 돌아가면 그만이야. 하지만 도대체 어떻게?'

처지가 한심해지자 성적표 행동발달사항에 빠지지 않고 매년 기록되던 '자신감 넘치고 긍정적인' 태웅은 어디로 가 버리고 불길한 생각만 두더지 게임의 두더지들처럼 쉬지 않고 고개를 디밀었다.

'여기서 죽으면 어떻게 되는 걸까. 이건 내 전생이니까 죽으면 다시 신기고 이사장의 손자 차태웅으로 태어나게 되지 않을까? 하지만 혹시라도 그게 아니라면?'

그건 너무 큰 모험이었다. 아무리 생각보다 행동이 앞서는 태웅이라도 불확실한 확률에 목숨을 내놓을 만큼 어리석지는 않았다.

좁고 냄새나는 방 안에서 웅크리고 생각만 거듭하고 있자니 답답해서 가슴이 터질 것 같았다. 태웅은 날이 밝자마자 이부자리를 걷어차고 집 밖으로 나왔다. 바깥 공기를 마시니 숨통이 좀 트이는 것도 같았다. 태웅은 숨을 몰아쉬며 큰길 쪽으로 뛰다시피 걸었다.

전찻길 너머 식산은행 뒤편에서 사람들이 구호를 외치는 소리가 들려왔다. 또다시 학생들의 동맹휴학 시위가 벌어지고 있는 모양이었다.

준페이의 말대로 학생들의 시위는 수그러들 기세가 보이지 않았다. 시위에 참가했다 하면 무조건 무기정학이나 퇴학 처분이 내려져 교실이 텅 빌 지경이었고 일제 경찰은 감옥소가 모자랄 정도로 수많은 학생들을 체포, 연행해 가는데도 오히려 분노한 학생들의 항일 시위는 점점 더 거세게 번져 전국적인 규모로 확산되고 있었다.

수백 명은 족히 되어 보이는 검은 교복의 물결이 '광복가'를 부르며 전찻길을 지나 태웅이 있는 쪽으로 천천히 다가왔다.

이천만의 동포들아 일어나거라
일어나서 총을 들고 칼을 잡으라
잃었던 내 조국과 너의 자유를
원수의 손 안에서 피로 찾도록

경찰에게 맞아 피 흘리며 쓰러지던 미애가 떠올라 태웅은 자기도 모르게 입술을 깨물었다. 비릿한 피 맛이 났다. 넋을 놓고 서 있는 동안 태웅은 시위대의 인파 속에 휩쓸리고 말았다.

"우리를 일본인으로 만들지 말라!"

"제국주의 타도 만세!"

"약소민족 해방 만세!"

격렬한 외침과 함께 땀과 눈물로 범벅이 된 얼굴들이 태웅을 스치고 지나갔다. 태웅은 사람들의 물결 속에서 갈 길을 잃고 이리저리 떠밀렸다. 태웅의 머릿속 생각들도 갈피를 잡지 못하고 이쪽저쪽으로 흔들렸다.

"네 자리를 찾아라."

그것이 태웅에게 주어진 미션이었다. 태웅의 자리란 두말할 것 없이 우두머리의 자리다. 양종욱에게 빼앗긴 집안의 우두머리 자리, 준페이에게 빼앗긴 나라의 우두머리 자리를 되찾아야만 다시 현재로 돌아갈 수 있는 것이다. 사실 방법은 알고 있다. 양종욱을 없애고 싶어 안달이 난 준페이에게 협조해 종욱에게 빼앗긴 자리를 먼저 찾고, 그 뒤에 기회를 보아 준페이의 뒤통수를 치리라 결심하고 지금까지 온 것이다.

따지고 보면 일은 계획대로 착착 진행되어 가고 있는 셈이다. 그런데 왜 이렇게 마음이 불편한 건지 태웅은 알 수 없었다. 자꾸만 미애가 떠올랐다. 사람답게 살고 싶어, 조선 땅에서, 조선 사람으로……. 미애가 해맑게 웃을 때 콧잔등에 잡히던 주름이 생각나면 태웅은 가슴이 터질 것 같이 답답했다. 자신을 보던 두루마기의 실망한 표정과 경성독서회 회원들의 경멸 어린 눈빛이 마구 달려들어 태웅의 목을 조르는 것만 같았다.

"하지만 다른 방법이 없잖아. 다른 방법이!"

머리를 마구 쥐어뜯던 태웅의 눈에 갑자기 섬광이 비쳤다. 바로 두세 걸음 앞에 검은 두건으로 얼굴을 반쯤 가린 남자가 어둠을 뚫고 해답처럼 나타난 것이다. 그를 보자마자 태웅은 불에 데기라도 한 것처럼 밀려드는 사람들을 제치고 몸을 날렸다. 검은 두건을 와락 잡아 벗기는 순간, 놀란 그의 눈 아래 커다란 검은 점이 드러났다.

"판다 인력거꾼! 당신이 데려갔던 역사 체험관으로 다시 날 보내 줘!"

판다가 번개처럼 주먹을 뻗어 태웅의 코뼈를 강타했다. 시뻘건 피가 주르륵 흘렀다. 태웅이 코를 감싸 쥐고 고통에 몸부림치는 동안 판다는 사람들 속으로 재빨리 숨어 버렸다.

"안 돼! 이번엔 절대 놓치지 않을 거야!"

태웅은 밀려드는 사람들을 미친 듯이 헤치고 판다의 뒤를 좇았다. 손을 뻗으면 그의 옷자락을 잡아챌 수 있을 만큼 바짝 따라붙었을 때였다.

팡!

공포탄이 터졌다. 시위대를 해산시키려고 쏜 것이다. 그 소리에 놀란 태웅이 주춤한 사이, 순사들을 피해 도망치려는 학생들의 물결이 성난 파도처럼 덮쳐 왔고 판다는 그 속으로 다시 자취를 감춰 버렸다.

"이런, 젠장!"

태웅은 어떻게든 판다를 찾아야 했다. 판다가 태웅과 라은을 역사 체험관으로 데려갔고 DNA 분석 장치가 달려 있는 기계에 앉았다가 이곳으로 온 것이다. 태웅을 다시 원래 자리로 돌려보낼 수 있는 건 그 빌어먹을 기계뿐이고, 역사 체험관으로 다시 데려가 줄 사람은 판다뿐이다. 판다만 잡으면 미션 수행이고 특별 역사 체험이고 다 그만두겠으니 당장 원래대로 돌려놓으라고 할 것이다!

태웅은 눈에 불을 켜고 골목 이곳저곳을 닥치는 대로 뛰어다녔다. 순사들이 몽둥이로 학생들을 내리치며 연행하고 있었지만 몸을 피하는 것보다 판다를 찾는 게 급선무였다. 막다른 골목으로 뛰어 들어갔을 때, 태웅은 판다 대신 반갑지 않은 얼굴과 마주치고 말았다.

"양태웅, 다시 내 눈에 띄면 그냥 보내지 않을 거라고 했을 텐데!"

흉터였다. 그의 손에 들린 칼날이 햇빛에 번쩍였다. 태웅은 몸을 돌려 뛰기 시작했지만 몇 걸음 못 가 흉터에게 잡히고 말았다. 목덜미에 섬뜩하게 차가운 감촉이 느껴졌다.

"민족을 배신해 놓고 무사할 줄 알았나?"

"그, 그게 말이야. 오해가 좀 있는 것 같은데……."

"오해? 오해라고?"

흉터가 태웅의 머리카락을 우악스럽게 잡아 큰길 쪽으로 고개를 돌렸다.

"네 눈에는 저 모습이 보이지 않나?"

순사가 달아나는 학생의 뒷덜미를 잡더니 몽둥이로 머리통을 내리쳤다. 뒤통수에서 피를 흘리며 쓰러진 학생은 순사의 손에 머리카락을 잡힌 채 발버둥을 치며 끌려갔다. 사방에서 몽둥이질을 당하는 학생들의 고통스러운 비명과 그 와중에도 조선 독립 만세를 외치는 처절한 목소리가 메아리쳤다. 태웅은 답답한 심정으로 말했다.

"알아, 나도. 얼마나 많은 사람들이 독립을 위해 희생하고 있는지. 하지만 지금 나한테는 더 중요한 일이 있단 말이야."

흉터가 으르렁거리듯 말했다.

"저 친구들을 배신한 만큼 중요한 일이 도대체 뭔데?"

서열 정리, 라고 대답할 수는 없었다. 그랬다가는 흉터의 칼날이 그대로 태웅의 목을 쑤시고 들어올 테니까. 바로 그 순간 기적처럼 판다가 다시 태웅의 눈앞에 나타났다. 태웅은 흉터의 손아귀에서 벗어나려고 발버둥을 쳤다.

"놔! 저 사람을 잡아야 돼!"

"수작 부리지 마!"

"제발 부탁이야! 저 사람만 잡으면 내가 다 설명할 수 있어!"

태웅이 간절하게 부탁했지만 흉터는 태웅의 목에 겨눈 칼날에 더욱 힘을 줄 뿐이었다. 그 틈에 판다가 다시 사람들 속으로 모습을 감추려 하고 있었다. 지금 빨리 쫓아가면 잡을 수 있을 것 같은데! 판다를 또 놓치면 그가 언제 다시 눈앞에 나타날지 알 수 없다. 기분 더러운 미션 수행을 멈추려면 오직 판다, 저 판다를 잡는 것밖에는 방법이 없다!

태웅은 가슴이 새카맣게 타 들어갔다. 그때 지나가던 순사가 눈에 들어왔다. 태웅은 생각할 겨를도 없이 죽을힘을 다해 소리쳤다.

"순사! 순사!"

흉터가 당황한 목소리로 속삭였다.

"무슨 짓이야?"

순사가 태웅이와 흉터를 힐끔 보더니 눈살을 찌푸리며 다가왔다.

"뭐야?"

그는 흉터가 태웅에게 칼을 겨누고 있는 것을 보고는 어깨에 멘 총을 내려 장전했다.

태웅은 눈으로 판다의 뒤를 좇았다. 판다가 큰길 건너에 있는 이층짜리 목조 건물로 들어가고 있었다. 그러고 보니 어디선가 본 듯한 건물이었다. 태웅의 머릿속에 판다가 인력거로 데려갔던 역사 체험관이 번개처럼 떠올랐다. 바로 저기다! 언제부터 저기 있었지? 지금 당장 저기로 달려가서 판다를 잡아야만 해! 태웅의 머릿속엔 오직 그 생각뿐이었다. 태웅은 침을 한번 꿀꺽 삼키고 얼른 말해 버렸다.

"이 사람 경성독서회 회원이에요! 시위 주동자라고요!"

순사는 바로 흉터를 향해 총을 겨누었다. 태웅은 흉터의 손에서 풀려나자마자 판다가 들어간 목조 건물로 뛰기 시작했다.

탕!

총소리에 태웅은 휘청하며 다리가 꺾였다. 뒤를 돌아보기가 무서웠다. 하지만 고개가 제멋대로 돌아갔다.

흉터가 엎어진 채 쓰러져 있었다. 길바닥엔 피가 흥건했다. 누군가 멈춤 버튼을 누른 것처럼 태웅을 둘러싼 세상이 정지해 버렸다.

아무것도 보이지 않고 아무 소리도 들리지 않았다. 오직 쓰러진 흉터와 검붉은 피만 선명할 뿐 나머지는 회색 어둠 속에 묻혀 버렸다.

쿨럭, 입에서 피를 쏟으면서 흉터가 힘겹게 고개를 들어올렸다. 초점 잃은 그의 눈이 태웅을 발견한 찰나, 모멸의 빛이 떠올랐다 곧 스러졌다. 털썩, 흉터의 고개가 땅에 떨어졌다.

태웅은 돌덩이가 된 것처럼 그 자리에 서 있었다. 손가락 하나 꼼짝할 수 없었다.

'이러려던 건 아니었어…….'

지나가는 누구라도 붙들고 변명하고 싶었다. 태웅은 참담한 심정으로 주위를 둘러보았다. 거리는 끌려가는 학생들의 고통에 찬 비명 소리로 아수라장이었다. 반쯤 찢어진 검은 교복 사이로 피에 물든 가슴팍을 드러낸 채 순사에게 끌려가며 한 학생이 절규하는 소리가 태웅의 귓가에 날아와 꽂혔다.

"우리는 우리 땅에서 인간답게 살고 싶을 뿐이다!"

순사가 개머리판으로 그의 머리를 내리찍었다. 고개를 옆으로 떨군 채 축 늘어진 학생은 더 이상 외치지 못했다. 태웅은 고개를 세차게 흔들며 누구에겐지 모를 소리를 중얼거렸다.

"나, 나는…… 돌아가야 해. 조선은 어차피 독립할 거잖아. 내가 아니어도. 나는 빨리 내 자리를 찾아서 돌아가야 한다고."

"네 자리? 그게 뭔데?"

머릿속 누군가가 반문했다.

"내 자리는……서열의 제일 꼭대기. 가장 빛나고 가장 멋진. 그게 바로 나지.”

“멋지다고? 하하하하.”

비웃는 소리가 천둥처럼 울리며 태웅의 머릿속을 어지럽혔다.

콰과광!

귀청을 찢을 듯 커다란 폭파음에 거리의 소동이 파묻혔다. 태웅은 반사적으로 고개를 파묻은 채 땅에 엎드렸다. 다시 고개를 들었을 때 태웅의 마음도 폭발물이 터진 것처럼 무너져 버리고 말았다. 판다가 들어간 이층 목조 건물, 태웅을 전생으로 보낸 역사 체험관이 눈앞에서 산산조각 나 있었던 것이다.

유일한 희망의 끈이 툭, 끊어졌다.

태웅은 마치 허공 속을 걷는 기분이었다. 폭파된 건물의 잔해 속을 헤치고 들어가 흔적도 없이 사라진 판다를 미친 듯이 찾아 헤매다가 조각만 남은 검은 두건을 손에 쥐고 그곳을 빠져나올 때부터 그랬다. 분명히 걷고 있지만 제 다리로, 제 의지로 걷는 것 같지가 않았다. 태웅은 빠져나올 수 없는 미로 속에서 길을 잃은 느낌이었다. ‘내 자리’를 찾으려고 하면 할수록 그 자리와는 멀어지고 있었고, 마지막 희망이던 판다마저 이제는 사라져 버렸다.

더 견딜 수 없는 건, 스스로가 구정물에 처박힌 것처럼 구질구질하다는 것이었다. 죽을지언정 가오는 무너지지 않는다고 생각했던 차태웅, 언제나 빛나고 멋지던 그 녀석은 이제 없다. 대의를 위해 싸우는 친구를 고발해서 죽게 만들고, 나라와 민족이야 어떻게 되든 말든 저 혼자 살길을 찾아 비굴한 짓도 서슴지 않는 비겁하고 치사한

인간만 남아 있다.

이렇게 된 이상, 이제 갈 길은 하나뿐이다. 이왕 망가진 것 더 철저히 망가지리라. 목적을 이루기 위해서라면 수단의 비열함 쯤은 잠시 눈감을 수밖에 없다. 태웅은 마음을 모질게 다잡았다.

언덕 위에 버티고 선 이층 양옥은 높은 담으로 둘러싸인 채 네 까짓 것이, 하듯 태웅을 내려다보고 있었다. 번쩍거리는 대문 앞에서 태웅은 벌겋게 달아오른 얼굴의 열을 가라앉히기 위해 잠시 숨을 골랐다. 그리고 마침내 결심한 듯 초인종을 눌렀다.

"누구십니까?"

대문 안에서 여자의 목소리가 들렸다. 태웅은 굳은 목소리로 대답했다.

"히로아키 준페이를 만나러 왔습니다."

태웅은 식모로 보이는 여자의 안내대로 2층으로 난 계단을 올라갔다.

"빠가야로!"

둔탁한 뭔가가 태웅을 향해 날아왔다. 미처 피할 틈도 없이 이마를 정통으로 맞았다. 끈적거리는 피가 눈가를 타고 흘렀다. 청동으로 만든 새 모양 장식품이 태웅의 발 옆에 툭 떨어졌다.

준페이는 잡아먹을 듯 험악한 눈초리로 태웅을 쏘아보았다.

"힘들게 증거까지 만들어 줬는데 그거 하나 제대로 간수하지 못하고 빼앗겨? 멍청한 조센징을 믿는 게 아니었어! 뭘 잘했다고 여기까지 기어온 거야?"

태웅은 고개를 숙인 채 소매로 이마에 흐르는 피를 닦았다. 다시 고개를 들었을 때 태웅의 눈빛이 어찌나 서늘했는지 준페이마저 멈칫할 정도였다.

"한인애국단이라고, 들어봤어?"

준페이가 미심쩍은 눈으로 태웅을 쏘아보았다.

"임시정부에서 만든 무장투쟁단체야. 양종욱과 같이 가입해서 테러 정보를 너에게 넘기겠어."

준페이의 입가가 한쪽으로 비스듬히 치켜 올라갔다.

"좋아, 이번에는 실수 없이 해야 할 거야."

뒤돌아선 태웅을 향해 준페이가 한마디를 날렸다.

"마지막 기회니까."

14
한인애국단의 비밀 훈련

"한인애국단?"

이부자리에서 벌떡 일어나 앉은 종욱의 눈이 반짝였다. 태웅은 눈두덩이 통통 부은 종욱의 얼굴과 발끝부터 무릎까지 칭칭 동여맨 붕대에 못 미더운 눈길을 보내며 고개를 끄덕였다.

"백범 선생님께서 너한테 정말 입단 제안을 하셨다는 거야?"

"직접은 아니지만 아들이라니 그런 셈이지 뭐. 아무튼 할 거야, 말 거야?"

"할 거야! 당연히 해야지!"

종욱은 당장이라도 문 밖으로 나설 것처럼 신나 보였다. 태웅은 내심 다행이라고 생각하면서도 찜찜한 기분을 떨칠 수 없었다.

"양종욱, 이건 사람을 죽이는 일이야. 네가 죽을 수도 있는 일이라고!"

종욱은 태웅의 눈을 똑바로 바라보며 천천히 말했다.

"나라를 위해 목숨을 바치는 일이지."

태웅은 종욱의 눈길을 피하며 중얼거렸다.

"네가 그렇게 생각한다면야."

둘은 나란히 집을 나섰다. 시위 현장에서 순사에게 맞아 다리를 다친 종욱은 옥중에서 제대로 치료를 받지 못해 염증이 번졌는지 여전히 절뚝거렸다. 태웅은 묵묵히 다가가 종욱의 팔을 제 어깨에 걸었다. 종욱은 태웅이 하는 양을 물끄러미 바라보다 입을 열었다.

"너, 나 싫어한다며?"

"그래서 뭐? 싫어하는 놈은 도와주지도 못하냐."

"……말만 그렇게 하지, 알고 보면 넌 좋은 녀석 같아."

태웅은 걸음을 멈췄다. 꾹 다문 입술에 피가 날 때까지 질끈 힘을 주었다. 그러지 않으면 가슴 속에 담아둔 말이 틈을 비집고 제멋대로 튀어나갈 것만 같았다. 좋긴 뭐가 좋아, 바보야. 난 지금 널 엄청난 위험에 빠뜨리려는 거란 말이야.

태웅은 말없이 고개를 숙인 채 마음속으로 중얼거렸다.

'미안하다, 양종욱. 다시 신기고로 돌아가면 너한테 정말 잘할게.'

안씨 부인에게 적당히 둘러대고 알아낸 두루마기의 거처는 청계천변에 있는 판자촌에 있었다. 낡은 널빤지를 얼기설기 덧댄 작은 집에는 제대로 된 문도 없어 입구를 막은 거적이 겨우 바람을 막고 있었다. 태웅은 눈살을 찌푸렸다.

"그래도 명색이 임시정부 대빵 2세인데 집 꼴이 이게 뭐야. 아무리 식민지라도 그렇지."

종욱이 태웅의 어깨를 두드리며 말했다.

"민족을 위해 이렇게 희생하셨으니 어서 나라를 되찾아서 이분들도 영광스러운 날을 누리게 해 드려야지. 나라를 팔아먹은 놈들은 죗값을 치르게 하고 말이야."

"그래야 할 텐데. 왠지 그러지 못할 것 같은……."

태웅이 한숨을 쉬며 말끝을 흐렸다. 친일파의 자손은 선대의 유산을 되찾겠다고 국가를 상대로 소송을 하고 독립운동가의 후손이 기초생활수급자로 단칸방에서 어렵게 살아간다는 이야기들이 어지럽게 떠올랐다.

"너희들, 종욱이와 태웅이 아니냐."

등 뒤에서 낮은 목소리가 들렸다. 두루마기가 놀란 얼굴로 서 있었다.

두루마기의 방은 낡았지만 깔끔하게 정리되어 있었다. 한 사람이 간신히 누울 만큼 좁은 방 안에서 세 남자는 무릎이 서로 닿을 듯이 바투 앉았다. 다짜고짜 한인애국단의 단원이 되고 싶다는 말에 두루마기는 의아한 눈빛으로 태웅을 쏘아보았다.

"지난번에는 개죽음 운운하더니?"

태웅은 머리를 긁적이며 두루마기의 눈길을 피했다.

"그때는 제가 경솔했습니다."

"다시 한 번 말하지만 이건 아주 위험한 일이야. 너희들 뜻도 중요하지만 부모님의 허락 없이는 안 된다."

종욱이 무릎을 꿇더니 다부진 목소리로 말했다.

"제 아버지는 친일 사업가입니다. 동척에 협조하며 민족의 고혈을 빠는 대가로 돈을 벌고 계시지요."

종욱과 두루마기의 시선이 공중에서 부딪쳤다.

"제게는 아버지의 허락이 필요치 않습니다."

"하지만 네 어머니는?"

"어머니께서도 결국엔 저를 자랑스러워하실 것입니다."

두루마기는 입을 굳게 다문 채 종욱의 눈을 한참 들여다보더니 마침내 고개를 끄덕였다.

"네 뜻이 장하구나. 한인애국단의 단원이 된 것을 축하한다."

종욱은 환하게 웃으며 이마가 땅에 닿도록 고개를 숙였다.

"감사합니다. 나라와 민족을 위해 제 한몸 바치겠습니다."

두루마기가 태웅에게 힐끗 시선을 던졌다. 태웅도 얼른 고개를 숙이며 말했다.

"저, 저도 이하동문입니다."

조선에서 선발된 한인애국단원들은 본격적인 훈련과 임무 수행을 위해 한 달 뒤 임시정부가 있는 상해로 떠나게 되었다. 두루마기는 출국에 앞서 예비 단원들을 소집해 정신교육과 기초체력훈련을 몇 차례 실시한다는 전갈을 보내왔다.

깊은 산속 한인애국단의 비밀 훈련 장소에 도착하자 두루마기를 비롯하여 여남은 명의 청년들이 모여 있었다. 낡은 입성일망정 눈빛만큼은 형형한 젊은이들이었다. 종욱과 태웅이 합세하자 두루마기가 입을 열었다.

"오늘은 한인애국단의 첫 기초체력훈련을 시작하는 날이다. 숭고한 뜻을 함께하는 우리들이지만 자기소개 따위는 하지 않겠다. 이름이 무엇인지, 출신이 어디인지는 우리에게 중요하지 않기 때문이다. 또한 이것은 만일의 사태에서 서로를 보호하기 위한 방편이기도 하다."

단원들은 비장한 눈빛을 주고받았다. 만일의 사태라 함은 암살 시도가 실패하고 적들에게 사로잡혔을 경우를 말하는 것이며, 잔혹한 고문을 받더라도 다른 단원에 대해 발설하지 못하려면 아예 서로에 대해 모르는 게 낫다는 의미라는 걸 이해하지 못한 사람은 없었다.

"우리는 조국 광복과 민족 해방을 위해 피로 뭉친 동지들이다. 지금 이 순간부터 나는 곁에 있는 동지에게 부모 형제보다 더 소중하며 믿을 수 있는 존재여야 한다. 동지는 곧 내 목숨이다. 알겠나!"

"네!"

우렁찬 대답에 태웅은 함께할 수 없었다. 양종욱의 목숨 줄을 손에 쥐고 있는 사람이 바로 자신이라는 것을 너무나 잘 알고 있었지만 말이다.

첫 훈련은 상당히 고되었다. 이제 막 한인애국단의 단원이 된 청년들은 해가 질 때까지 두루마기의 구령에 맞춰 쉴 새 없이 산속에서 구르고 기고 뛰어야 했다. 아직 다리 상태가 온전하지 못한 종욱도 예외가 될 수 없었다. 집으로 돌아가는 길에 종욱은 채 몇 걸음도 못

가 주저앉고 말았다.

종욱을 질질 끌다시피 들쳐 업은 태웅은 온몸의 근육들이 들고 일어나 쿠데타라도 일으킨 것 같은 느낌이었다. 하루 종일 주먹밥 한 덩이밖에 먹지 못했는데 입에서는 단내가 났다.

영화에서 보면 의열단원들은 멋진 양복을 차려입고 미녀들이랑 칵테일이나 마시다가 결전의 그날이 되면 모여서 사진 한 방 찍고서 총을 들고 나서면 그만이었다. 무장투쟁이라는 게 군대에서 하는 유격훈련 같은 거라는 걸 진작 알았다면 양종욱을 없앨 다른 방법을 생각해 보았을 것이다. 기초체력훈련이 이 정도인데 상해로 가서 받게 된 본격적인 훈련은 도대체 얼마나 더 고될지 상상조차 할 수 없었다. 말할 기운도 없이 축 늘어진 양종욱도 같은 생각을 하고 있는 게 틀림없었다. 나라를 위해 목숨을 바칠 다른 방법도 있을 텐데, 하고 말이다.

물먹은 솜 두 덩어리가 힘겹게 대문을 들어설 때였다.

“어딜 다녀오는데 그리 기운들이 없느냐?”

둘은 동시에 소스라쳤다. 안씨 부인이 걱정스러운 얼굴을 하고 서 있었다.

“우, 운동이요!”

“공부하느라고요.”

둘은 동시에 말해 놓고 서로를 쳐다보았다. 안씨 부인의 눈에 의심의 빛이 어렸다.

“그러니까 공부하다가 운동도 했다고요.”

태웅이 재빨리 말했다.

"네, 엄청 많이요. 좀 피곤하네요."

종욱이 얼른 거들었다. 안씨 부인이 안쓰러운 눈으로 종욱을 보며 말했다.

"아직 몸도 성치 않은데 집에서 쉬기나 할 것이지."

"괜찮아요. 의원도 자꾸 움직여야 빨리 낫는다고 해요."

"얼른 들어가 씻고 누워라. 저녁 밥상 곧 들여보낼 테니."

"네, 어머님."

"태웅이 너도."

"네, 마님."

"갑순아, 저녁 준비 아직 안 되었느냐?"

태웅은 부엌 쪽을 향해 종종걸음을 치는 안씨 부인의 뒷모습을 바라보며 전생에 와서 처음으로 엄마를 떠올렸다. 태웅을 보면 시도 때도 없이, 밥 먹었니? 배고프지 않니, 묻던 엄마……. 엄마는 왜 그리 먹는 데만 관심이 있는지 이해가 안 갔었다. 엄마가 늘 아들을 걱정하고 있었다는 걸, 그때는 몰랐다.

태웅은 종욱을 물끄러미 바라보았다. 종욱이 잘못되면 안씨 부인이 얼마나 상심할지 상상조차 할 수 없었다. 태웅의 눈길을 느낀 종욱이 물었다.

"왜?"

태웅은 당황함을 감추려 발끈했다.

"너는!"

종욱이 의아한 표정을 짓자 태웅이 버럭 소리를 질렀다.

“둘러대려면 좀 제대로 해라. 도대체 공부를 어떻게 하면 흙투성이가 되는데? 엉?”

태웅이 성을 내자 종욱은 머리를 긁적였다.

어기적거리며 행랑채로 향하는 태웅을 향해 종욱이 말했다.

“오늘 고생했다. 밥 먹고 푹 자라. 잠이 보약이다.”

태웅이 갑자기 걸음을 멈췄다.

똑같은 말을 들은 적이 있다. 급우들을 때린 벌로 멍석말이를 당하고 헛간에 갇혀 온몸이 욱신거리는 고통 속에서 헤매고 있을 때다. 추상같은 대감마님의 명령을 어기고 남몰래 헛간으로 찾아와 쌀죽을 먹여 주고 이불을 덮어 주었던 사람이 바로 양종욱, 너였다니…….

태웅은 천천히 고개를 돌렸다. 뭉친 종아리를 주무르고 있는 종욱을 물끄러미 바라보는 태웅의 눈에 저도 모르게 눈물이 차올랐다. 에이 씨, 쪽팔리게……. 태웅은 주먹으로 눈물을 훔치며 얼른 등을 돌려 행랑채를 향해 뛰었다.

15
어긋난 계획

“한 사람을 죽여서 만 사람을 살린다.”

두루마기는 비장한 목소리로 말하면서 둘러앉은 단원들과 일일이 눈을 맞추었다. 어느덧 단단한 근육을 갖추게 된 그들은 고단한 훈련 끝에 땀과 흙으로 얼룩져 있으면서도 허리를 꼿꼿이 세운 채 눈을 빛내고 있었다. 열세 번째 훈련을 마친 날이었다.

“어떤 이들은 우리의 무장투쟁이 인명을 해치는 범죄라고 한다. 그들은 우리를 테러리스트라고 하지. 하지만 사람들은 오늘도 죽어가고 있다. 아무런 잘못도 없는 이들, 단지 힘없는 나라에 태어난 죄 밖에는 없는 이들이 노예가 되어 모든 것을 빼앗기다 결국은 억울한 죽음을 당한다. 도적 한 명의 생명을 빼앗아 그의 손에 죽고 말 수많은 목숨을 구할 수 있다면? 그 일에 우리의 목숨을 바칠 수 있다면 숭고한 희생이 아닌가.”

두루마기는 단원들을 찬찬히 바라보며 말을 이었다.

"평화적인 방법으로 독립을 이룰 수 있다면 왜 그 길을 가려 하지 않겠는가. 우리는 피 맛을 보고 싶어 환장한 승냥이 떼가 아니다. 평화를 외치려 해도 힘이 있어야 한다. 아무것도 가지지 못한 자가 평화를 외쳐 봤자 아무도 귀 기울여 주지 않는다. 우리처럼 힘없는 자들은 죽음으로 우리의 뜻을 보여 줄 수밖에 없다. 죽거나 혹은 죽이거나."

숲속은 고요했다. 까마귀 우는 소리가 불길하게 메아리쳤다.

"오늘 여러분에게 아주 특별한 전달 사항이 있다."

단원들은 서로의 얼굴을 마주보았다. 두루마기는 입을 굳게 다물고 긴장된 표정이 역력한 단원들을 둘러보았다.

"며칠 전 상해 임시정부에서 임무를 부여받은 우리 단원들이 국내 잠입에 성공했다. 그런데 그들이 하필 어제 적선동에서 일어난 전차 전복 사고 현장에 있다가 크게 다쳤다고 한다. 러시아에서 보낸 무기는 무사히 도착했는데 거사를 실행할 동지들이 부상으로 꼼짝 못하게 되고 만 것이다. 임시정부에서 오랜 시간 심혈을 기울여 준비한 이번 거사가 시작도 못 해 보고 물거품이 되고 마는 것이 너무도 안타까웠다. 그래서 내가 부상당한 동지들을 만나 제안을 하나 했다."

털끝 하나 움직이지 않은 채 두루마기의 입을 주시하고 있는 단원들 사이에서는 묘한 긴장과 설렘이 파도처럼 번져 나갔다.

"아직 훈련이 턱없이 부족하긴 하지만 우리 조선 땅에도 애국심으로 무장한 훌륭한 단원들이 있다고!"

단원들은 술렁거렸다. 기대하면서도 두려워했던 시간이 갑자기 코앞으로 닥친 것이다.

"이번 거사는 바로 일본 제국주의의 심장을 쏘는 것이다. 바로 조선총독부에 폭탄을 던져 총독 사이토 마코토를 암살하는 것이다."

두루마기는 품에서 수류탄 두 발과 권총을 꺼내들었다.

"거사 날짜는 사흘 뒤, 계획은 간단하다. 우리 단원 중 전기기술자가 새벽을 틈타 총독부에 잠입해 총독 집무실의 전등을 미리 손봐 놓는다. 총독이 출근하기 직전 비서가 총독 집무실의 문을 열고 불을 미리 켜 두는데 전등은 고장 나 있으니 당연히 불이 들어오지 않을 것이다. 관리인은 총독 출근 전까지 전등을 고치려고 서둘러 전기수리회사로 연락해 수리공을 보내 달라고 하겠지. 회사 앞에 매복하고 있다가 출장 나가는 수리공을 저지하는 임무는 내가 맡는다. 거사를 맡은 단원은 수리공으로 위장하고 총독 집무실에 들어간다. 시간을 끌다가 총독이 출근해서 집무실로 들어오고 나면 일차로 폭탄을 던지고 불발 시 권총으로 총독을 날려 버리는 거다."

두루마기는 굳은 얼굴로 단원들을 둘러보았다.

"신성하고 거룩한 첫 거사에 지원하고 싶은 단원은 조용히 손을 들어 주기 바란다."

태웅은 이럴 때 어떻게 처신해야 하는지 잘 알고 있었다. 수업 시간에 선생님이 어려운 질문을 던져 놓고 교실을 둘러볼 때는 절대로, 절대로 선생님과 눈이 마주쳐서는 안 되는 법이다.

태웅은 고개를 외로 꼰 채 딴청을 부렸다. 이러고 있다 보면 코를 파려다가 혹은 재채기가 나서 무심코 고개를 들었던 누군가의 이름이 불리기 마련이다. 그 재수 없는 '누군가'가 나만 아니면 되는 거다.

적막한 공기를 뚫고 여기저기에서 미세한 움직임이 감지되었지만 태웅은 차마 고개를 들어 살필 용기가 나지 않았다. 자칫 잘못했다가는 수업 시간에 창피당하는 정도가 아니라 폭탄에 목숨이 날아갈 판이니 신중하지 않을 수 없었다.

제법 오랜 시간이 흘렀지만 아직 누구의 이름도 불리지 않았다. 태웅은 두루마기의 눈을 피해 조심스럽게 실눈을 뜨고 주위를 둘러보았다. 그리고 그만 입이 떡 벌어지고 말았다. 태웅을 제외한 모든 단원이 눈을 빛내며 손을 번쩍 들고 있었던 것이다. 양종욱까지도 말이다.

두루마기는 흐뭇한 표정으로 입을 열었다.

"한인애국단 단원들의 용기와 애국심에 찬사를 보낸다. 하지만 지금은 오직 한 명의 열사만 필요하다. 앞으로 계속될 거사를 위해 우리의 소중한 목숨을 아껴야 하기 때문이다. 우리 단원 모두가,"

두루마기는 말을 끊고 태웅을 힐끔 보았다. 태웅은 목을 움츠리며 고개를 푹 숙였다.

"우리 단원 거의 모두가 이번 거사에 지원하고자 하는 의지가 확고하겠지만 그 점을 양해해 주기 바란다. 거사에 나설 단원은 여러분의 뜻을 십분 참고하여 내가 결정하도록 하겠다."

그때 종욱이 자리에서 벌떡 일어섰다.

"외람되지만 한 말씀만 드리고 싶습니다."

태웅은 눈이 휘둥그레져서 종욱을 바라보았다. 두루마기가 종욱을 향해 고개를 끄덕였다. 종욱은 침을 한번 꿀꺽 삼키더니 결심한 듯 입을 열었다.

"여기 계신 단원 모두 나라와 민족을 위해 목숨을 내놓고자 하는 열망이 크다는 것, 잘 알고 있습니다. 그러기에 힘든 훈련을 견디며 지금 이 자리에 계시는 것이겠지요."

종욱은 말을 고르려는 듯 잠시 멈추었다 다시 말을 이어갔다.

"저희 아버지는 동양척식주식회사에서 조선인 소유의 농토와 국유지를 강탈할 때 적극적으로 협조하여 수많은 자작농이 땅을 빼앗기고 소작농으로 전락하는 데 기여했습니다. 이후에는 총독부가 산미증식계획을 추진하면서 조선의 미곡을 일본으로 수탈해 가는 데 앞장서고 계시지요. 그 결과 피땀 흘려 농사를 지은 조선의 농민들은 수확한 쌀의 대부분을 친일파 지주와 일본인에게 빼앗기고 풀뿌리와 나무껍질로 연명하고 있습니다."

태웅은 이마를 찡그렸다. 저 자식 도대체 무슨 말을 하려는 거야?

"아버지가 이렇게 벌어들인 돈으로 저는 지금까지 매 끼니 쌀밥에 고기반찬을 먹으며 자랐습니다. 지금은 경성에서 가장 좋은 학교에 다니고 있지요. 아버지는 제가 경성제국대학을 나와 총독부의 고위 관리가 되기를 바라십니다. 그래서 아버지의 사업을 든든히 뒷받침해 주기를 기대하시는 것이지요."

종욱은 잠시 허공을 응시하더니 담담히 말했다.

"저는 아버지의 뜻대로 총독부의 관리가 되는 대신 총독부에 들어가 폭탄을 던지고 싶습니다. 그렇게 해서 우리 민족에게 지은 아버지의 죄를 씻을 수 있다면 제 몸에 폭탄을 감고 총독을 향해 돌진할 준비가 되어 있습니다."

태웅은 잠시 멍해졌다. 종욱이 그런 생각으로 한인애국단에 지원한 것이라고는 생각지도 못했다. 둘러앉은 단원들 사이에는 잠시 침묵이 흘렀다. 누군가 손뼉을 치기 시작했고 이어서 짧지만 강한 박수 소리가 숲에 메아리쳤다. 두루마기가 환한 얼굴로 일어섰다.

"이 준비된 단원에게 보내는 박수가 동지 여러분의 동의와 지지라고 생각해도 좋을 것 같군요. 축하합니다, 양종욱 동지."

두루마기가 미소를 지으며 종욱을 향해 손을 내밀었고 종욱이 쑥스러운 듯 고개를 숙이며 두루마기의 손을 맞잡았다. 아까보다 더 큰 박수가 터져 나왔다. 태웅은 속사포로 진행되어 가는 사태에 당황해 저도 모르게 벌떡 일어섰다.

"저, 저기 잠깐만요! 이렇게 중요한 일을 너무 간단하게 결정해 버리는 거 아니에요?"

모두의 시선이 태웅에게 쏠렸다. 태웅은 종욱의 눈빛을 애써 외면하며 말했다.

"그러니까 제 말은, 이건 엄청 중요한 거사잖아요. 꼭 성공을 해야 하는데 양종욱 쟤는 아직 너무 어려요. 총 한번 쏴 본 적 없고요. 아마 총독이 어떻게 생겼는지도 모를걸요."

두루마기가 종욱을 바라보았다. 종욱이 기다렸다는 듯 말했다.

“저만큼 총독을 가까이에서 본 사람은 여기 없을 겁니다. 몇 년 전 이기는 하지만 사이토 총독의 부임식에 아버지와 함께 참석해 총독을 코앞에서 본 적이 있습니다. 수류탄과 권총 사용법은 사흘 동안 단장님께서 확실히 가르쳐 주실 테고요.”

두루마기가 태웅을 향해 어깨를 으쓱해 보였다. 태웅은 할 말을 잃고 다시 주저앉을 수밖에 없었다.

“자 그럼, 조선총독부 폭파 및 사이토 총독 암살 거사를 수행할 양종욱 동지에게 응원의 박수를 보내며 오늘 훈련을 마무리하겠습니다.”

두루마기의 말에 모든 단원들은 열정적인 박수를 보냈다. 아니, 이번에도 태웅은 빠졌으니 ‘거의’ 모든 단원들이다.

“너 미쳤어?”

단둘이 남자마자 태웅이 종욱의 멱살을 휘어잡으며 몰아붙였다.

“뭐가? 한인애국단에 가입하자고 한 사람은 너였잖아.”

“단원이 되자고 했지 누가 폭탄 지고 총독부에 들어가랬어?”

“거사에 참여하지 않을 거면 대체 왜 단원이 된 건데?”

“그거야!”

종욱의 멱살을 잡은 손에서 스르르 힘이 풀렸다.

“네가 여기서 살아나올 확률이 얼마나 될 거 같아? 성공하면 폭탄 터져서 죽고 실패하면 재판받고 죽는 거라고!”

“이미 각오한 일이야.”

"네 어머니는? 어머니 생각은 안 해? 하나밖에 없는 아들이 죽으면 얼마나 가슴 아프실지 몰라서 그래?"

종욱이 태웅의 어깨를 두드렸다.

"네가 있잖아."

태웅은 가슴이 철렁했다.

"뭐?"

"네가 나 대신 우리 어머니께 아들 노릇 좀 해 주라. 부탁한다."

종욱이 태웅에게 손을 내밀었다. 태웅은 그 손을 차마 잡을 수 없었다.

종욱을 없애고 양씨 집안의 유일한 장자이자 적자로 인정받는 것이 태웅이 생각한 첫 번째 미션이었다. 그동안 그걸 이루려고 준페이에게 온갖 수모를 당하고 스스로 생각해도 부끄럽기 짝이 없는 지질한 짓까지 해 가며 지금까지 달려온 것이다. 이제 양종욱이 알아서 불구덩이로 뛰어들려고 하니 가만히 있으면 첫 번째 미션은 깔끔하게 성공할 터였다. 태웅은 굿이나 보고 떡이나 먹으면서 준페이를 제거할 두 번째 미션에만 집중하면 되는 것이다.

하지만 그럴 수는 없었다. 이대로 두면 양종욱은 폭탄과 함께 산산조각이 나 버릴 것이다. 태웅이 집안의 장자 자리를 차지하기 위해 종욱이 꼭 죽을 필요까지는 없었다. 맹세코 종욱의 죽음을 바란 적은 없었다. 이 일로 혹시라도 종욱이 죽게 된다면 그건 모두 자신의 탓이라는 걸 태웅도 알고 있었다. 종욱을 한인애국단에 끌어들인 사람이 바로 자신이었으니까. 미애가 죽는 것을 눈앞에서 보았다.

흉터는 태웅이 부른 순사의 총에 맞고 죽었다. 자기 때문에 종욱까지 죽게 된다면……. 태웅은 고개를 마구 내저었다. 그건 상상조차 하고 싶지 않은 일이었다.

거사 전에 미리 경찰에 알린다면 종욱은 재판을 받고 감옥에 가게 될 것이다. 이 정도 사안이라면 아버지도 종욱을 쉽사리 감옥에서 빼내지는 못할 테고 양씨 집안의 장손 자리는 서자라도 유일한 아들인 태웅에게 돌아올 것이다. 그렇게 되면 미션도 성공하고 종욱의 죽음도 막을 수 있다. 태웅은 종욱이 내민 손을 거칠게 뿌리치고는 뒤돌아서 뛰기 시작했다. 서둘러야 했다.

"양태웅! 어디 가는 거야?"

종욱이 소리쳐 불렀지만 뒤도 돌아보지 않고 태웅은 미친 듯이 달렸다.

히로아키 준페이의 집 대문은 여느 때와 같이 굳게 닫혀 있었다. 태웅은 초인종을 눌러도 대답이 없자 대문을 마구 두드렸다.

"준페이! 준페이!"

"이 조센징 새끼가 누구 이름을 함부로 막 불러 대? 니 친구라도 되는 줄 아냐?"

준페이의 목소리가 이렇게 반가운 적은 처음이었다. 태웅은 등 뒤에서 나타난 준페이를 하마터면 와락 끌어안을 뻔했다.

"한인애국단의 거사 목표와 날짜가 정해졌어."

준페이는 눈알을 부라리더니 주위를 황급히 살폈다.

"이 새끼가 돌았나? 조용히 안 해?"

준페이는 태웅을 질질 끌고 집안으로 들어갔다. 2층에 있는 제 방으로 올라가 창이 모두 닫혔나 꼼꼼히 확인하고 문까지 닫은 뒤에 태웅을 향해 말했다.

"이제 말해 봐."

"사흘 뒤, 조선총독부에 폭탄을 던지고 총독을 암살하는 계획이야."

준페이는 기가 막힌 듯 피식 웃었다.

"하, 조센징 새끼들 겁대가리를 상실했군. 그게 그리 쉬울 줄 아나."

"수류탄 두 개랑 권총이 있어. 전기수리공으로 변장하고 침입할 거래."

준페이의 얼굴 표정이 심각해졌다.

"누가 할 건데?"

태웅은 잠시 뜸을 들이다 말했다.

"양종욱이야."

준페이는 멈칫하다 이내 큰 소리로 웃음을 터뜨렸다.

"뭐? 양종욱이 폭탄을 지고 총독부로 쳐들어간다고? 푸하하하."

태웅은 초조한 심정으로 박장대소하는 준페이를 바라보았다.

"양태웅, 어떻게 그런 기특한 일을 했어? 지난번 실수를 만회하고도 남겠는데."

"내가 한 거 아니야. 걔가 자원한 거야."

준페이의 얼굴에서 웃음기가 가셨다.

"그래? 어쨌든 잘 됐군 그래."

태웅이 다급한 목소리로 물었다. 종욱이 폭탄을 지고 조선총독부로 들어가기 전에 막아야 했다. 태웅은 마음이 급했다. 당장이라도 준페이를 끌고 경찰서로 달려가고 싶었다. 자칫 시간을 지체했다가 종욱이 잘못될까 봐 똥줄이 타는 심정이었다. 종욱을 없애려고 하면서 종욱이 걱정되어 죽겠는 마음이라니, 태웅 자신도 이해하기 힘들었다.

"경찰서에 빨리 가서 알려야지. 지금 당장 가자."

준페이가 심드렁한 표정으로 대꾸했다.

"경찰서? 거긴 왜?"

"아, 요시하라 순사 부장님이 네 외삼촌이랬지? 외삼촌께 직접 말씀 드릴거야?"

준페이는 새끼손가락으로 성의 없이 귀를 파며 말했다.

"아니? 난 말 안 할 건데."

태웅의 얼굴이 창백해졌다.

"총독을 암살한다고! 그놈들 진짜 할 거야. 증거도 다 있어. 수류탄이랑 권총까지 있다니까. 신고만 하면 양종욱 그 새끼 바로 잡아들일 수 있어."

"그러니까 바로 그것 때문에 신고를 안 하겠다는 거야."

태웅은 도무지 종잡을 수 없는 준페이의 눈을 뚫어져라 노려보았다. 준페이는 아무렇지도 않다는 듯 귀이개를 꺼내 귀를 후벼 파기 시작했다.

"우리 대일본제국은 말이야, 문명국가라고. 아주 선진적인 법과 제도를 가지고 있지. 뭐든 주먹구구식으로 하는 너희 조센징들은 이해하기 어렵겠지만, 모든 일에는 절차라는 게 있거든."

준페이는 귀에서 막 파낸 귀지를 태웅에게 들이밀며 말했다.

"말하자면 이런 거야. 귀지를 딱 팠지. 그럼 너희 조센징들은 이걸 어쩌겠어? 후 불어 버리면 그만이지. 하지만 우리 대일본제국에서는 말이야, 이렇게 휴지를 뽑아서 귀지를 털어 내고 흩어지지 않게 잘 감싸서 휴지통에 넣어야 하지. 어때, 깔끔하지?"

준페이는 어안이 벙벙한 태웅을 향해 예의 비열한 웃음을 날렸다.

"그리고 또 시간이 많이 걸리지. 아주 많이 걸려. 그 절차를 다 따르려면 말이야."

"절차라고?"

"그놈을 잡아들여서 수사를 하고 자백을 받고 기소를 하고 재판에 넘기고! 하, 정말 듣기만 해도 지루하지. 게다가 그놈이 항소라도 하면 또다시 상급법원에서 같은 절차를 또 밟아야 하는 거야. 문명국가의 어려움이지."

"그럼 넌……?"

"절차를 생략하는 거지."

태웅의 눈에 두려움이 서렸다.

"재판을 받는다 해서 사형이 언도되리라는 보장도 없어. 난 그놈이 하루라도 빨리 이 세상에서 없어졌으면 좋겠거든. 그런데 양종욱 그놈이 알아서 불구덩이로 뛰어든다잖아. 우린 그냥 구경만 하면 되는 거야. 그놈이 자폭하는 꼴을 말이야. 아, 만에 하나라도 일이 잘못돼서 그놈이 빠져나갈 경우를 대비해서 아슬아슬하게 신고를 할 필요는 있겠지. 물론, 그놈이 일을 저지르고 난 다음에 순사가 출동하게 말이야."

태웅의 목소리가 떨렸다.

"너……정말 양종욱을 없애고 싶은 거구나."

준페이가 태웅을 노려보았다.

"너도 같은 생각인 줄 알았는데, 아닌가?"

태웅은 날카로운 준페이의 눈길을 피해 고개를 숙이고 말았다.

"아, 폭탄은 멀쩡하고 성능 좋은 걸로 내가 보내 주지. 조센징들이 쓰는 폭탄은 하나같이 엉터리라서 불발될 때가 더 많거든. 죽어서라도 니들 민족에겐 영웅으로 남을 테니 그놈한테도 그리 손해 보는 장사는 아닐 거야."

힘없이 돌아선 태웅의 등 뒤로 준페이가 비아냥거리는 소리가 날아왔다.

16
무거운 결심

준페이의 집을 나온 태웅은 정처 없이 터덜터덜 걸었다. 경찰서에 가서 직접 신고할 생각도 해 보았지만 그랬다가는 당장 심문을 받게 될 게 뻔했다. 다른 단원들까지 위험에 빠트릴 수는 없었다. 하지만 이대로 두었다가는 사흘 뒤, 종욱은 준페이가 보낸 성능 좋은 폭탄과 함께 공중 분해되고 말 것이다.

태웅은 가슴에 손을 얹고 가만히 생각해 보았다. 그게 바로 내가 원하던 것이 아니었던가? 그런데 마음이 왜 이렇게 답답하고 불편한지 모르겠다. 가슴 깊은 곳에서 누군가 자꾸만 외치고 있었다. 이건 아니야! 라고.

태웅은 결국 마음을 정했다. 두 번 다시 보고 싶지 않은 얼굴이지만 지금 종욱을 살릴 수 있는 사람은 그 사람뿐이다.

명월관 대문 앞에 걸린 청사초롱은 오늘도 환하게 불을 밝히고 있었다. 태웅은 내키지 않는 발걸음으로 대문을 지나 앞뜰을 가로질렀다. 지난번에 보았던 계집아이가 행주를 들고 방에서 나오다가 태웅을 보고 알은 척을 했다.

"초선 언니 만나러 오셨어요?"

태웅이 고개를 끄덕이자 계집아이는 따라오라는 듯 앞장섰다. 라은의 방 앞 댓돌에는 꽃신 한 켤레가 앙증맞게 놓여 있었다.

경대 앞에서 머리를 매만지던 라은은 방으로 들어서는 태웅을 보고 놀란 얼굴로 경대를 덮었다.

"나…… 기억하지?"

라은은 고개를 끄덕이며 경계하는 눈빛으로 물었다.

"그런데 무슨 일로……?"

태웅은 라은의 눈을 똑바로 쏘아보았다. 불길이 일렁이는 태웅의 눈동자를 보고 라은은 움찔했다.

"나, 알고 있어."

라은의 눈에 당혹스러운 빛이 어렸다. 제 마음을 감추려는지 라은은 표독스럽게 되물었다.

"안다니, 뭘 말이에요?"

"너와 준페이, 둘이 한패라는 거."

라은은 잠시 말이 없었다. 다시 고개를 쳐든 라은은 반항적인 표정으로 쏘아붙였다.

"그래서 어쩔 거예요? 정 선생과 경성독서회 회원들에게 알릴 건가요?"

태웅은 고개를 저었다.

"아니. 대신 부탁이 있어."

종욱이 조선총독부 폭파 거사를 수행하기 전에 경찰에 신고해 달라는 태웅의 말에 라은은 이마를 찡그렸다.

"해 줄 수 있겠어?"

"난 이해가 안 돼요. 당신도 양종욱을 없애고 싶어 하는 거 아니었어요?"

"그렇긴 하지만……. 양종욱이 죽기를 바라는 건 아니야. 일을 저지르기 전에 신고를 하면 감옥에서 좀 고생은 해야겠지만 적어도 사형 선고를 받지는 않을 거야. 암살이랑 암살 미수는 엄연히 다르잖아?"

라은은 곤란한 표정으로 고개를 저었다.

"안 되겠어요. 자기 계획을 망친 걸 알면 히로아키 준페이가 가만있지 않을 거예요."

태웅은 절망적인 표정으로 라은을 보았다. 라은은 태웅을 외면하며 경대를 다시 열었다.

"그만 돌아가 주세요."

털썩, 소리에 고개를 든 라은이 무릎을 꿇은 태웅을 보고 당황하며 말했다.

"왜 이렇게까지 하는 거예요?"

태웅이 간절한 눈빛으로 말했다.

"제발, 부탁이야."

라은은 눈을 내리깔고 고개를 돌렸다.

"미안하지만 안 되겠어요."

"너 정말 이러기야? 독립군 활동하다 돌아가신 네 아버지께 부끄럽지도 않니?"

라은의 얼굴에서 핏기가 가셨다.

"준페이 그놈한테 도대체 뭘 받기로 했는지 몰라도 아버지를 봐서라도 네가 이러면 안 되는 거 아니야?"

라은의 눈이 붉어졌다. 잠시 뒤 누구도 자신을 단죄할 수 없다는 듯, 다부진 목소리로 말했다.

"아버지는 정의롭게 살다 가셨을지 몰라도 딸은 기생 노릇을 하며 부끄럽게 살게 만드셨어. 경성독서회 일을 도우면서 나는 올바르게 살고 있다, 혼자서 발버둥 쳐 봤지만 밤이 되면 더러운 놈들에게 술을 따르고 웃음을 팔아야만 해. 준페이는 우리 민족의 원수이고 아버지의 원수지. 하지만 이 치욕적인 삶에서 벗어나게 해 줄 수 있는 사람은 준페이 뿐이야."

라은은 태웅을 차갑게 쏘아보았다.

"바라는 게 있어서 준페이의 밀정 노릇을 하는 건 너나 나나 똑같잖아. 네가 나한테 이래라저래라 할 처지인가?"

태웅의 얼굴이 흙빛으로 변했다.

"내가 알기론 너야말로 양종욱은 물론이고 안씨 부인까지 없애려고 발버둥치고 있는 걸로 아는데? 첩인 네 어머니는 정실부인이 되고 너는 양씨 집안의 유일한 적자가 되려고 네 어머니와 함께 준페이 편에 선 거잖아? 나한테 이러는 이유가 뭐야?"

"난 그저 해야 할 일이 있어서 그런 것뿐이야."

"해야 할 일이란 게 뭔데? 양종욱을 없애고 네가 그 자리를 차지하려는 거잖아. 네가 나랑 다른 게 뭐야?"

태웅은 더 이상 할 말을 찾지 못하고 라은의 방에서 물러나올 수밖에 없었다.

밖은 이미 어둠이 내려 캄캄했다. 명월관 담벼락에 기대어 선 채 태웅은 한참을 생각에 잠겨 꼼짝하지 않고 있었다. 네가 나랑 다른 게 뭐냐는 라은의 말이 비수처럼 심장에 박혀 숨 쉴 때마다 아프게 태웅을 찔렀다. 일본 순사에게 끌려가면서도 조선 사람은 삼척동자도 나라를 사랑할 줄 안다고 당당히 외치던 미애와 피 흘리며 길바닥에 쓰러진 채 태웅에게 경멸의 눈빛을 보내던 흉터가 어지럽게 태웅의 머릿속을 헤집어 놓았다.

아버지의 죄를 대신해 제 목숨을 바쳐 민족에게 용서를 구하겠다는 종욱, 죽음을 각오하고 조선 사람이 조선 땅에서 사람답게 사는 세상을 만들겠다고 나선 미애, 성철, 동수, 대협과 경성독서회 회원들. 일본의 순사에게 고문당하고 죽음의 고개를 넘나들면서도 차가운 감방 안에서 서로를 격려하며 희망의 노래를 부르던 학생들. 거리를 메운 검은 교복의 물결. 그들의 외침과 만세의 함성……. 두려움을 이겨 내고 옳은 길을 가는 그들의 힘은 어디에서 나온 것일까.

태웅은 생각하고 또 생각했다. 지금의 이 선택이 과연 어떤 결과를 가져오게 될지 그 어떤 것도 확신할 수 없었다. 태웅은 태어나 처음으로 마음속 계산기를 내려놓았다. 그리고 샛별이 뜰 무렵 태웅은 마침내 무거운 결심을 한 듯 천천히 발걸음을 옮겼다.

언덕 위 판잣집, 떨어져 나간 문을 대신한 거적 너머에서 희미한 빛이 새어 나오고 있었다. 태웅은 그 앞에 서서 헛기침을 큼큼했다.

"누구시오?"

안에서 두루마기의 목소리가 들렸다. 태웅은 크게 숨을 몰아쉬고 나서 말했다.

"저 양태웅입니다."

두루마기는 몇 번이나 만류했지만 결국 태웅의 청을 들어줄 수밖에 없었다.

"내 말대로 해 주지 않으면 지금 이 문을 나서는 즉시 경찰서로 갈 거라고요!"

간청 끝에 나온 협박에는 두루마기도 무릎 꿇지 않을 도리가 없었던 것이다.

"이 일은 절대 밖으로 새어 나가선 안 돼요. 양종욱은 물론이고 단원 누구에게도 말씀하시면 안 돼요. 꼭 약속하셔야 해요."

태웅의 간절한 눈빛에 두루마기는 고개를 끄덕였다. 자리에서 일어서는 태웅에게 두루마기가 말했다.

"이유를 물어도 되겠니?"

태웅이 잠시 생각하다 대답했다.

"그동안 그놈한테 계속 선수를 빼앗겼는데 이번엔 제가 한번 해 보려고요."

"뭘 말이야?"

두루마기가 궁금한 표정으로 묻자 태웅이 씩 웃었다.

"멋진 역할이요."

거사를 이틀 앞두고 '특별훈련'을 위해 비밀리에 두루마기와 만나기로 한 종욱은 약속 장소에 들어서려다 멈칫했다. 두루마기의 옆에 태웅이 앉아 있었던 것이다.

"너 뭐야? 양태웅이 왜 여기 있어요?"

두루마기가 난처한 표정으로 태웅을 보자, 태웅이 아무렇지 않은 말투로 받아넘겼다.

"한인애국단원으로서 나도 언젠가는 특별훈련이 필요할 거 아냐. 이번에 너랑 같이 받게 해 달라고 부탁드렸지."

못미더운 종욱의 눈길을 외면하며 태웅이 두루마기에게 말했다.

"어서 시작하지요."

두루마기가 굳은 얼굴로 품에서 수류탄 두 발과 권총을 꺼냈다.

"수류탄부터 시작하자. 둘 다 오른손잡이 맞지?"

태웅과 종욱이 고개를 끄덕이자 두루마기가 시범을 보였다.

"아주 간단해. 당황하지만 않으면 돼. 오른손으로 수류탄을 똑바로 잡고 왼손으로 안전핀을 제거한 뒤에 그대로 던지면 되는 거야."

두루마기가 수류탄 모형을 가져 와 태웅과 종욱에게 하나씩 던지며 말했다.

"자, 모형을 가지고 밖에 나가서 연습해 보자. 몇 번만 해 보면 될 거야."

종욱은 두루마기의 뒤를 따라나서는 태웅의 옷자락을 잡아당겼다.

"무슨 꿍꿍이야?"

"꿍꿍이라니, 말했잖아. 나도 한인애국단 단원으로서……."

"넌 집안을 지켜야지!"

"거사에 참여하지 않을 거면 대체 왜 단원이 된 거냐고 한 사람이 누구였더라?"

"양씨 가문에 대 이을 사람 하나는 남아 있어야 하잖아."

태웅이 눈살을 찌푸렸다.

"아, 그냥 모형 수류탄 던지는 것뿐이잖아."

종욱이 한마디 더 하려는 순간, 밖에서 두루마기가 부르는 소리가 들렸다.

"안 나오고 뭣들 해?"

"네! 지금 갑니다, 사부님!"

태웅이 너스레를 떨며 달려가자 종욱은 못내 찜찜한 표정으로 태웅의 뒤를 따라갔다.

해질 무렵, 수류탄 모형 던지기와 공포탄 쏘기 사격 훈련을 마치고 한인애국단의 비밀 전사로 거듭난 두 청년은 어깨를 나란히 하고 집으로 향했다. 태웅이 애써 심상한 말투로 물었다.

"근데 너 총독 진짜로 봤다며? 총독은 평소에도 막 어깨에 번쩍번쩍한 띠 두르고 제복 같은 거 입고 그러나?"

"내가 총독을 본 날은 행사가 있었으니 제복을 입었지만 평소에는 양복을 즐겨 입는다던데?"

"그래?"

태웅은 코끝을 비비다가 다시 물었다. 어색함이 묻어나오는 말투였다.

"근데 총독은 몇 살이나 먹었나?"

"정확히는 모르지만 조선총독부에 부임한 지 십 년이 되었으니 적어도 예순은 넘었겠지."

"음, 노인네구만."

잠시 침묵하다 태웅이 또 입을 열었다.

"안경은 썼나? 수염은? 얼굴에 점이라든가, 다른 특징은 혹시 없나?"

종욱은 정색하며 태웅을 멈춰 세웠다.

"너 진짜 뭐야? 무슨 일을 벌이려는 거냐고."

태웅이 화들짝 놀라며 말했다.

"무슨 일을 벌이기는? 그냥 궁금해서 그러지."

종욱은 이것저것 물으며 계속 태웅을 떠보려 했지만 태웅은 딴소리만 늘어놓을 뿐, 좀처럼 속내를 드러내지 않았다. 집 앞에 도착하자마자 태웅은 피곤하다며 종욱을 피해 쏜살같이 행랑채 쪽으로 내뺐다. 마침 방에서 나오던 춘실은 태웅을 보고 반색을 하며 손짓을 했다.

"아들, 어딜 그렇게 쏘다니는 거야. 이리 좀 들어와 앉아 봐."

태웅은 어리둥절해서 춘실의 방으로 들어가 엉거주춤 무릎을 꿇었다.

"무슨 일이에요?"

춘실은 의미심장하게 웃으며 태웅이 앞으로 성큼 다가앉았다.

"얘, 태웅아. 동척 실세인 히로아키 상이라고, 너도 알지? 조선에서 사업한다는 사람 치고 히로아키 손을 거치지 않는 자가 없지 않니. 내가 오늘 그 댁에 갔다가 무슨 이야기를 들었는지 아니?"

히로아키 상이라면 준페이의 아버지가 아닌가. 태웅은 춘실을 보고 의아한 표정을 지었다. 춘실은 좌우를 한 번씩 살피더니 목소리를 잔뜩 낮춰 소곤거렸다.

"히로아키 상이 총명한 조선인 청년을 양아들로 들이려 한단다. 그 댁 아들 준페이하고 경쟁을 시켜서 더 똑똑한 아들을 뽑아 가업을 이을 후계자로 삼을 모양이야."

"네? 근데 그게 저하고 무슨 상관……."

"상관이 있지, 있고말고."

춘실은 태웅에게 더 가까이 오라는 듯 손짓을 하더니 아예 태웅의 귀를 잡아당겨 귀엣말을 했다.

"히로아키 상이 어릴 때부터 종욱이를 마음에 두고 있었다는 건 비밀도 아니란다. 그런데 요즘 종욱이가 만세 운동인지 뭔지 하며 감옥소나 들락거리질 않나, 아주 엇나가고 있지 않니? 우리한테는 아주 잘된 일이지."

태웅은 여전히 무슨 뜻인지 몰라 눈만 껌뻑거리고 있었다. 춘실은 답답하다는 듯 태웅의 머리를 쥐어박으며 속삭였다.

"이 녀석아, 종욱이 대신 너한테 기회가 올 거라 이 말이야!"

"네에?"

태웅의 목소리가 커지자 춘실은 얼른 태웅의 입을 손으로 감싸며 주위를 살폈다.

"너라고 안 될 이유가 없지. 넌 어릴 때라 기억 안 나지? 준페이도 김 대감 댁 서자였는데 히로아키 상이 입양한 거잖니. 원래 조선 이름도 준, 뭐였는데……."

"뭐라고요?"

태웅이 벼락처럼 소리를 치자 춘실은 화들짝 놀라며 성을 냈다.

"아이고, 깜짝이야. 조용히 좀 하라니까."

"준서, 김준서예요? 그 자식 원래 이름이?"

"그래, 맞다. 김준서. 세상에, 너 기억나니? 네 살인가 다섯 살 때인데. 이거 봐라, 내 아들 총명한 거. 넌 이번에 학생들 시위에도 휘말리지 않았으니까 대일본제국에 충성하고 있다는 것만 잘 증명하면 히로아키 상 눈에 들 수 있을 거야. 네가 그 댁 양자만 될 수 있다면 이까짓 양씨 집안이 대수겠니. 그러니 앞으로도 처신 잘해야 한다. 알겠지?"

춘실은 벌써 동척을 손에 넣기라도 한 것처럼 만족스러운 얼굴로 태웅의 등을 두드렸다. 태웅은 설레발치는 춘실은 안중에도 없이 굳은 표정으로 깊은 생각에 잠겼다.

17
비로소 찾은 자리

아직 주위는 온통 어둠에 묻혀 있었다. 해가 뜨려면 얼마나 남았을까. 이부자리를 단정히 개어 놓고 어둠 속에 혼자 앉아 있는 태웅의 머릿속은 여러 가지 생각들로 엉킨 실타래 같았다.

경성 거리 기획전으로 체험 학습을 와서 라은이와 인력거를 탔던 일부터 분통 터지는 고보 생활이며 가슴 뜨거웠던 동맹휴학 시위, 피를 흘리며 쓰러져 있던 미애와 흥터의 마지막 모습까지 전생에 와서 겪은 일들이 한 편의 영화처럼 머릿속을 스치고 지나갔다. 긴 상념 끝에 내다 본 창 밖에서는 어슴푸레하게 날이 밝아오고 있었다.

이제 곧 환하게 태양이 떠오르겠지. 태웅은 자리에서 일어나 방문을 열고 나왔다. 품속에 든 수류탄 두 발과 권총이 묵직하게 느껴졌다. 두루마기는 태웅에게 상해에서 온 조직원이 추가로 무기를 전달해 왔다며 고개를 갸웃거렸다. 태웅은 실은 이 무기들이 한인애국단이 준비한 폭탄의 성능을 못 미더워 한 준페이가 보낸 것임을 알았지만 굳이 밝힐 필요는 없었다.

종욱의 조선총독부 폭파 및 총독 암살 거사를 하루 앞둔 날이었다.

태웅은 집을 나가 맞은편에 있는 준페이의 집 대문을 두드렸다. 초인종을 누르자 한참 만에 여자가 잠이 덜 깬 목소리로 누구냐고 물었다. 지난번에 대문을 열어 주었던 식모인 것 같았다. 준페이를 만나러 왔다고 말하자 여자는 잠시 대답이 없었다. 남의 집에 방문하기에 너무 이른 시간이기는 했다.

"전에도 왔던 준페이 친구인데 기억 안 나세요?"

잠시 뒤 나온 여자는 문 앞에 서서 망설였다.

"도련님은 아직 주무시고 계신데 급한 일이에요?"

태웅은 대문을 밀고 안으로 성큼 들어서며 말했다.

"지금이 아니면 말할 시간이 없어서요."

여자는 불안한 얼굴로 준페이의 방 앞까지 졸졸 따라왔다. 이층 준페이의 방문 앞에서 태웅은 여자에게 말했다.

"그냥 얘기만 하고 갈 겁니다. 걱정 말고 내려가 보세요."

여자가 계단을 내려가자, 태웅은 문을 열고 준페이의 방으로 들어갔다. 준페이는 고른 숨소리를 내며 깊이 잠들어 있었다.

"할 말이 있어서 왔다."

태웅의 목소리에 준페이가 흠칫 놀라며 잠에서 깨어났다. 눈을 비비며 자리에서 일어나 앉더니 태웅을 알아보고는 성난 얼굴로 소리쳤다.

"이 새끼가! 이 시간에……."

"김, 준, 서."

태웅이 또박또박 한 자씩 끊어 내뱉은 말에 준페이의 얼굴은 흙빛이 되었다.

"너한테 이 말을 꼭 해 주고 싶어서 왔다. 시간이 너무 이른 건 알지만 지금이 아니면 할 시간이 없을 것 같아서 실례를 무릅썼어."

태웅은 준페이, 아니 준서에게 천천히 다가갔다.

"김준서, 네가 왜 그렇게 양종욱을 못 잡아먹어서 안달인지 이제야 이해가 간다. 종욱이에게 네 자리를 빼앗길까 봐 겁이 나서 그랬겠지. 그런데 너 그거 알아? 네가 아무리 발버둥을 치고 안간힘을 써도 말이야. 양종욱을 평생 감옥에 가두든지 아니면 아예 저승길로 보내 버리든지 간에……."

태웅은 준서에게 바짝 다가가 그의 귀에 대고 나지막이 중얼거렸다.

"넌 그 자식한테 상대가 안 돼."

준서가 일그러진 얼굴로 태웅을 노려보았다. 태웅은 쿨하게 덧붙였다.

"물론 그건 나도 마찬가지지만."

"빠가야로!"

준서가 흡사 울부짖듯 소리쳤다. 그런 준서를 향해 태웅은 연민의 눈길을 보냈다. 준서는 태웅에게 베개를 집어던지고 이불을 발로 마구 차며 성난 짐승처럼 괴성을 질렀다. 태웅은 방을 나와 조용히 문을 닫았다. 문 뒤에서 들려오는 소리를 들으며 태웅은 처음으로 준서와 조금은 가까워진 느낌이었다.

태웅은 숨을 크게 몰아쉬고는 발걸음을 재촉했다. 시간을 너무 지체한 것은 아닌지 염려가 되었다. 태웅이 다다른 곳은 종욱과 함께 특별훈련을 받았던 외딴 창고였다. 문을 열고 들어가자 두루마기와 약속한 대로 전기 수리공들이 입는 작업복과 철제로 된 가방이 놓여 있었다. 태웅은 품안에서 권총과 수류탄을 꺼내 가방에 넣고 서둘러 작업복으로 갈아입었다.

정해진 시간까지는 아직 여유가 있었지만 태웅은 마음이 급했다. 큰길까지 뛰어 내려가 인력거를 잡아타고는 그제야 한숨을 돌렸다. 인력거꾼이 웃으며 말을 걸었다.

"급한 공사가 있으신가 보네요. 어디로 모실까요?"

태웅은 떨리는 마음을 애써 진정시키며 말했다.

"조선총독부로 가 주십시오."

태웅은 제 심장이 쿵쿵 뛰는 소리가 귀에 들리는 것만 같았다. 태웅이 총독부 입구의 검문을 무사히 통과하려면 앞서 두 사람이 임무를 제대로 수행했어야 한다. 태웅은 가슴에 손을 얹고 크게 숨을 한 번 내쉬었다.

"나는 할 수 있다. 나는 차태웅이다. 나는 멋진 녀석이다."

태웅은 주문을 외우듯이 세 번 반복해 말하고는 총독부 계단을 성큼성큼 오르기 시작했다.

그때 누군가 등 뒤에서 태웅의 팔을 잡아 확 낚아챘다. 잔뜩 긴장하고 있던 태웅은 소스라치며 뒤를 돌아보았다. 성난 눈빛의 종욱이 숨을 헉헉거리며 서 있었다. 종욱이 태웅의 작업복과 철제 가방을 가리키며 쏘아붙였다.

"무슨 짓이야?"

태웅은 놀라 더듬거렸다.

"네, 네가 어떻게 여길……?"

"어제 네 행동이 하도 수상해 따져 물으려고 아침에 일어나자마자 네 방에 갔더니 벌써 나가고 없더군. 이상한 느낌이 들어서 혹시나 하고 와 봤는데……. 거사는 내일 내가 하기로 했잖아. 대체 왜 이런 짓을 한 거야?"

"이번 거사를 하려는 이유가 아버지를 대신해 속죄하기 위해서라고 했지? 나도 아버지 아들이야. 그러니 내가 해도 상관없는 거잖아."

"하지만 넌……."

종욱이 말끝을 흐렸다.

"서자라 안 된다 그거야? 너도 적서차별 하는 거냐?"

"그게 아니라 넌, 자라면서 아버지에게 따뜻한 말 한마디 들어 본 적 없잖아. 그런 네게 이런 짐을 지울 수는 없어."

"이번 일은 내가 하게 해 줘."

종욱이 뭔가 더 말하려고 입을 떼는 순간 태웅이 얼른 덧붙였다.

"부탁입니다, 형님."

종욱은 말없이 굳은 표정으로 태웅을 바라보았다. 태웅의 눈빛은 더할 수 없이 진지했다.

“어이, 수리공!”

총독부 건물 계단 위 입구 쪽에서 누군가 크게 외치는 소리가 들렸다. 미리 총독실의 전등을 고장 내고 출장 나가는 전기수리공을 저지하는 두 가지 임무가 계획대로 잘 진행된 것이다. 태웅과 종욱의 눈빛이 공중에서 부딪쳤다. 태웅이 종욱에게 턱짓으로 어서 가라는 신호를 보냈다. 종욱은 단호하게 고개를 저었다.

“빨리 안 올라오고 뭐하는 거야!”

양복을 입은 사내가 큰 소리로 재촉하자 둘은 어쩔 수 없이 나란히 계단을 올라갔다. 양복이 태웅을 보고 고개를 갸웃거렸다.

“늘 오던 기무라 상이 아니네?”

태웅이 과장된 말투로 말했다.

“기무라 상이 아침에 넘어져서 발목을 삐끗했지 뭡니까. 그래서 급하게 제가 대신 나왔습니다.”

양복은 못미더운 듯 이맛살을 찌푸렸다.

“어려 보이는데? 제대로 할 수 있겠어?”

태웅이 웃으며 너스레를 떨었다.

“아이고, 제가 동안이라 어디 가면 아직도 학생으로 본다니까요. 자식이 둘이나 있는데요. 허허.”

“서둘러, 총독 각하 출근하시기 전에 마무리 지어야 해.”

“예예, 물론입죠. 당장 시작하겠습니다.”

태웅과 종욱이 건물 입구를 지키고 있는 순사를 지나 들어가려고 하자 양복이 종욱을 가리키며 물었다.

"근데 이 사람은 누군가?"

태웅이 이참에 종욱을 떼어놓으려는데 종욱이 얼른 대답을 가로챘다.

"조수입니다."

양복이 비웃었다.

"전등 하나 손보는데 조수까지. 아무튼 빨리 고쳐 놓기나 하라고."

"예, 알겠습니다."

태웅과 종욱은 무사히 통과해 서둘러 2층으로 올라갔다. 미리 입수한 정보에 따르면 총독 집무실은 2층 계단 옆 오른쪽 방이었다. 계단을 올라가며 태웅이 종욱의 귀에 대고 낮은 목소리로 윽박질렀다.

"뭐하는 거야? 거사를 망칠 셈이야? 당장 여기서 나가."

"넌 총독 얼굴도 모르잖아."

"집무실에 들어오는 양복 입은 노인네가 총독이겠지."

"아니면 어쩔 건데? 너야말로 거사를 망칠 셈이야?"

"그럼 이렇게 하자. 총독이 들어오면 넌 얼굴 확인만 해 주고 곧바로 여기서 나가. 건물 근처에 노란 옷을 입은 인력거꾼이 있을 거야. 우릴 도와주라고 단장님이 보낸 사람이니까 그 사람을 찾아. 내가 시간을 끌고 있을 테니까. 알겠지?"

종욱은 마지못해 고개를 끄덕였다.

둘은 총독 집무실로 들어가서 가방에서 잡다한 공구를 꺼내 늘어

놓았다. 태웅이 접힌 사다리를 꺼내 펼치고 그 위에 올라가 천장에 매달린 전등의 갓을 떼어 냈다.

그때 문이 벌컥 열렸다. 태웅은 놀라 하마터면 갓을 떨어트릴 뻔했다. 하지만 문을 열고 들어 온 사람은 총독이 아니라 아까 그 양복이었다.

"아직 안 됐나? 서두르라고 말했을 텐데."

"예, 단순한 고장이 아니라서 시간이 좀 걸리네요."

태웅이 눈치껏 대답하며 처음 보는 공구를 집어 전깃줄을 잡아당겼다. 전선 하나가 쑥 빠졌다. 등줄기에서 식은땀이 흘렀다. 양복이 태웅을 미심쩍은 눈길로 쏘아보았다.

"제대로 하는 거 맞나? 곧 총독 각하 도착하실 텐데."

종욱이 얼른 철제 가방에서 다른 공구를 하나 꺼내 태웅에게 내밀었다.

"저, 여기."

태웅이 공구를 건네받아 다시 전깃줄에 손을 대는데 양복의 눈이 날카롭게 번뜩였다.

"이봐, 그 가방 좀 열어 봐."

양복이 가방을 향해 성큼 다가왔다. 태웅과 종욱은 어쩔 줄 모르고 서로의 얼굴만 바라보았다. 손에 땀이 나서 태웅은 그만 쥐고 있던 공구를 바닥에 떨어뜨리고 말았다. 양복이 험악한 얼굴로 태웅을 노려보며 가방의 손잡이에 손을 막 가져다 댔을 때였다.

똑똑, 문 두드리는 소리와 함께 간드러진 여자의 목소리가 들렸다.

"나리, 여기 계셨네요."

모두의 시선이 한꺼번에 향한 곳에는 보랏빛 양장을 곱게 차려입은 라은이 서 있었다.

"아니, 이게 누구신가. 콧대 높으신 명월관 초선이가 아침부터 무슨 바람이 불어 여기까지 온 거지?"

양복이 반색을 하며 라은에게 다가갔다. 라은은 새초롬한 표정으로 얼굴을 붉히며 말했다.

"어젯밤에 무례하게 굴어 죄송했어요. 곰곰이 생각해 보니 제가 잘못 생각했던 것 같아요. 나리께서 그냥 가신 것이 마음에 걸려 날이 밝자마자 부랴부랴 달려왔답니다."

양복은 흐뭇한 얼굴로 라은의 어깨를 감싸 안았다.

"허허, 이제 곧 총독 각하께서 오실 텐데 이를 어쩌나. 잠깐 내 집무실로 같이 갈까?"

양복은 태웅과 종욱을 향해 눈을 부라리며 으름장을 놓고는 라은을 데리고 나갔다.

"어서들 마무리하라고!"

라은은 나가면서 태웅을 보고 눈을 찡긋했다. 태웅은 어찌된 일인지 몰라 어안이 벙벙했다. 종욱이 태웅에게 다가와 속삭였다.

"아는 사람이야? 아까 내가 집에서 나오는데 대문 앞에 서 있더라고. 널 찾아왔다고 해서 나도 널 찾으러 나가는 길이라고만 했는데. 설마 내 뒤를 따라온 건가?"

태웅은 가슴이 찡했다. 라은이 양복에게 했던 말이 실은 태웅에게 하고 싶은 말이었음을 눈치챈 것이다.

감상에 젖을 틈도 없이 쿵쿵거리는 발소리가 점점 가깝게 들리더니 문이 휙 열렸다. 언짢은 표정으로 들어서는 백발의 남자를 보고는 종욱의 얼굴이 하얗게 질렸다. 올 것이 왔구나! 태웅은 종욱의 눈을 보고 고개를 끄덕였다.

"뭐야?"

총독이 눈살을 찌푸리자 태웅이 넙죽 허리를 숙이며 말했다.

"총독 각하! 아침에 갑자기 전등이 고장 나서 지금 고치고 있는 중입니다. 서두르겠습니다."

"빨리 해치우라고. 오늘 할 일이 산더미인데."

"하이, 총독 각하!"

태웅은 아직도 잔뜩 얼어서 우두커니 서 있는 종욱을 다그쳤다.

"이봐, 조수! 빨리 지하 배선실에 내려가 봐. 어서!"

종욱은 차마 발걸음이 떨어지지 않는다는 듯 머뭇거렸다. 태웅은 그런 종욱을 향해 눈을 부라렸다.

"정신 안 차려? 총독 각하께서 기다리시잖아! 얼른 가!"

종욱이 걱정스러운 표정으로 태웅을 바라보았다. 태웅은 종욱을 향해 천천히 고개를 끄덕였다.

'걱정 마. 날 믿어.'

태웅의 진실한 눈빛이 그렇게 말하는 듯했다. 종욱은 차마 발걸음이 떨어지지 않았지만 뒷걸음질 치며 방을 나갔다.

'노란 옷을 입은 인력거꾼!'

종욱은 방문을 닫고 죽을 힘을 다해 뛰기 시작했다. 태웅은 공구를 집어 들고 전선을 만지는 척하며 가만히 속으로 숫자를 셌다.

'하나, 둘, 셋, …… 아흔 여덟, 아흔 아홉, 백. 이 정도면 종욱이 건물 밖으로 무사히 빠져나갔겠지.'

태웅은 책상 앞에 앉아 서류 더미를 들여다보고 있는 총독을 노려보며 철제 가방 안에 조심스럽게 손을 넣었다.

종욱은 총독부 건물을 나와 노란 옷을 입은 인력거꾼을 찾아 미친 듯이 달렸다. 인력거가 보이면 뛰어가 천막을 들쳐 보았지만 어디에도 노란 옷은 보이지 않았다. 숨을 헐떡이며 종욱은 총독부 건물을 노려보았다. 지극히 상식적인 생각이 이제야 종욱의 머리에 스친 것이다.

도망쳐야 할 사람에게 노란색처럼 눈에 띄는 옷을 입힐 리 없다……. 양태웅, 이 자식이!

종욱은 총독부 건물 쪽으로 다시 뛰기 시작했다.

그때, 총독부 건물에서 "쾅" 하는 굉음이 들리고 2층에 있는 창문 하나에서 연기가 새어 나왔다. 사람들의 비명 소리와 탕탕, 총소리로 총독부는 아비규환이 따로 없었다. 순사들이 총을 들고 총독부 건물 밖으로 뛰어나왔다.

종욱은 어쩔 줄 모르고 그 자리에 붙박인 것처럼 서 있었다. 축 늘어진 총독이 사람들에게 업혀 나와 차에 태워졌다. 그 뒤를 이어 또 한 사람이 몸을 가누지 못한 채 두 사람에게 질질 끌려 나왔다. 그

모습을 보는 종욱의 눈에서 빗방울처럼 눈물이 뚝뚝 흘렀다.
"태웅아! 태웅아!"

18
독립운동가가 된 고딩

"……태웅아! 태웅아! 내 말 들려?"

누군가 어깨를 잡아 흔드는 바람에 태웅은 눈을 번쩍 떴다.

"너 잠들었던 거야?"

태웅이 입가에 고인 침을 닦자, 라은이 인상을 찌푸렸다.

"어, 어……?"

태웅은 주위를 둘러보았다. 눈앞에 'MISSION COMPLETE'라는 글자가 떠올라 있었다.

"너 정말 전생을 보긴 한 거야?"

라은이 호기심 어린 표정으로 눈을 빛냈다. 태웅은 가슴에 가만히 손을 가져다 댔다. 심장이 쿵쿵 뛰었다. 수류탄을 꺼내 사이토 총독을 향해 던진 순간, 피어오르던 연기와 무시무시한 폭발음에 정신을 잃고 쓰러졌던 것이 떠올랐다.

"나도 전생이 궁금한데 한번 해 볼까?"

라은의 말에 태웅은 명월관에서 보았던 초선의 슬픈 눈빛을 떠올렸다. 태웅은 다정한 표정으로 라은의 손을 잡아끌었다.

"가자, 라은아. 전생은 무슨, 나 그냥 자고 일어난 거야."

"에이, 정말?"

라은은 실망한 얼굴로 입을 비쭉거렸다.

둘은 건물 밖으로 나왔다. 태웅은 잠시 걸음을 멈추고 거리를 둘러보았다. 몇 개의 마네킹만 서 있을 뿐, 사람들은 보이지 않았다. 건물도 축소된 모형임이 분명해 보였다. 하지만 태웅의 눈에는 그들의 모습이 분명히 보이는 듯했다. 대한 독립 만세를 외치며 거리를 뛰어가는 검은 교복의 그들이. 우리 땅에서 인간답게 살고 싶을 뿐이라고 외치는 그들의 함성이 들리는 듯했다.

"태웅아!"

앞서 가던 라은이 태웅을 향해 손짓했다.

"이리 와 봐. 여기 네 이름 있다!"

라은이 '조선을 지킨 독립운동가'라는 제목 아래 이름들 중 하나를 가리켰다. 태웅은 제 눈을 믿을 수 없어 두 눈을 마구 비볐다.

양태웅(1913~1929) 독립운동가. 경성고보 재학 시절 경성독서회에서 활동하며 민족의식을 키우던 중, 열일곱 살 나이에 한인애국단에 가입하여 조선총독부 건물에 잠입, 사이토 마코토 총독에게 폭탄을 투척함.

"후후, 너랑 이름은 같은데 성이 다르네. 설마 태웅이 너도 전생에 독립운동 했던 거 아니야?"

라은의 말에 태웅은 쓴웃음을 지을 수밖에 없었다. 그때 지나가는 종욱의 뒷모습이 눈에 들어왔다.

"라은아, 잠깐만."

태웅이 큰소리로 불렀다.

"어이, 양종욱!"

종욱이 휘둥그레진 눈으로 뒤를 돌아보았다. 반가움이 가득 담긴 태웅의 얼굴을 보고는 당황한 빛이 또렷했다. 그러거나 말거나 태웅은 종욱의 어깨를 와락 끌어안으며 말했다.

"우리 반 체험 학습 장소 말이야. 진짜 끝내주게 잘 정했다. 역시 넌 멋진 형님이라니까!"

종욱은 엉거주춤한 자세로 태웅에게 어깨를 맡긴 채 영문을 모르겠다는 표정이었다. 그때 한 무리의 여학생들이 까르르 웃으며 지나갔다.

"대협 오빠는 내 거라니까!"

"또 시작이다. 그 오빠가 네 이름 알기나 하냐?"

"근데 대협 오빠 시 써서 또 무슨 문학상 받았다며?"

"와, 그 오빠는 문학 특기자로 대학도 쉽게 가겠네. 부럽다."

"야, 우리 대협 오빠는 대학 가려고 시 쓰는 거 아니거든?"

"언제부터 우리 대협 오빠냐? 하여간 김칫국은 혼자 다 마신다니깐."

여학생 무리가 남기고 간 경쾌한 웃음이 꽃잎처럼 바람에 흩날렸다. 태웅이 놀란 눈으로 물었다.

“너 재 알아? 저기 주근깨 많고 큰소리로 깔깔 웃고 있는 애.”

“허미애 말이야? 우리 옆 반이잖아. 몰랐어?”

“……그래?”

태웅이 씩 웃으며 맘속으로 혼잣말을 했다.

‘다시 만나 반갑다, 미애야.’

태웅은 미애의 뒷모습에서 눈을 떼지 못하며 속으로 덧붙였다.

‘너랑 했던 약속, 지금부터 지킨다. 다음 세상에서 다시 만나면 나도 널 좋아하겠단 약속 말이야.’

태웅이 문득 생각났다는 듯 눈을 빛내며 말했다.

“종욱아, 우리 학교에 역사동아리 있잖아. 이름이 뭐였더라, 노란인가?”

“파, 파란 말이야?”

“아, 맞다. 파란! 파란이었지. 거기 들어가려면 어떻게 해야 되냐?”

“파란이라면, 성철이랑 동수가 회원이니까 걔들한테 물어보면 될텐데.”

태웅의 입이 저절로 벌어지는 것을 보고 종욱은 더 모르겠다는 표정이 되었다.

“박성철, 김동수! 그 자식들, 한결같네!”

“근데 너……. 언제부터 역사에 관심 있었냐?”

태웅은 종욱을 물끄러미 바라보다 비장한 눈빛으로 대답했다.

"내가 이번에 좀 깨달은 게 있는데, 우리 역사를 제대로 좀 알아야겠더라고. 위안부 문제에 대해서 일본 정부한테 사과도 확실히 받아내야 하고!"

종욱은 얼결에 고개를 끄덕이며 차태웅이 오늘 뭘 잘못 먹었나, 생각했다. 그러느라 그 둘은 자신들을 지켜보는 눈길을 알아채지 못했다.

"선생님, 오늘따라 기분이 좋아 보이시네요."

"그럼요. 학생이 배우며 성장하는 걸 보는 게 교사의 가장 큰 기쁨이니까요."

담임이 맞은편에 서 있는 사내를 향해 흐뭇한 미소를 보냈다. 사내가 따라서 미소 짓자 왼쪽 눈 아래 커다란 검은 점도 반달 모양으로 함께 웃었다.

"다음엔 또 어느 시대로 날아가 볼까요? 특별 역사 체험이 필요한 학생 있으면 언제든 연락 주세요."

이야기 속 사건과 실제 역사는 어떻게 같고, 어떻게 다를까요?

☯ 이야기의 배경은 경성이지만, 실제 학생들의 동맹휴학과 항일 시위가 최초로 일어났던 곳은 전라남도 광주입니다. 태웅이 일제 강점기로 가서 겪게 된 사건은 '광주학생독립운동'을 그린 것입니다. 1929년 11월 3일 광주-나주 간 통학열차에서 일본 학생들이 조선 여학생을 희롱한 사건에서 촉발한 조선 학생과 일본 학생 간 충돌은 11월 12일 광주 지역 동맹휴학과 학생시위를 거쳐 전국으로 확산되었습니다. 해방 이후, 학생들의 독립투쟁을 기념하는 의미로 11월 3일이 '학생의 날'로 정해졌다는 것쯤은 알고 있어야겠지요?

☯ 한인애국단은 1931년 백범 김구 선생의 주도 하에 대한민국 임시정부가 결성한 항일무장투쟁단체입니다. 소설 속에서는 백범의 아들이 단원을 모집하러 다닌 것으로 설정했으나 그것은 상상으로 꾸며 낸 이야기이고요, 백범이 상하이에 체류 중이던 민족주의 성향의 청년 80여 명을 모아 비밀결사대를 조직했다고 합니다. 일왕 히로히토 암살 기도를 했던 이봉창 의사와 도시락 폭탄으로 유명한 윤봉길 의사가 한인애국단 단원이었습니다.

◐ 소설 속에서 조선총독부에 폭탄을 던졌던 양태웅(차태웅)은 물론 가상의 인물입니다. 하지만 조선총독부에 폭탄을 던진 독립운동가가 실제로 있었답니다. 바로 김익상 의사(1895~1943)입니다. 김익상 의사는 의열단 단원으로 조선총독부를 폭파하고 총독 사이토 마코토를 암살하기로 결심, 폭탄과 권총을 휴대하고 1921년 9월 12일 전기수리공으로 변장하여 조선총독부로 잠입합니다. 그는 계획대로 폭탄을 던졌지만 총독 암살에는 실패했습니다. 다행히 총독부가 폭탄 폭발로 혼란스러운 틈을 타 무사히 빠져나갔다고 하네요.

◐ 소설 속 경성독서회는 실제 존재했던 '성진회'를 모델로 했습니다. 성진회는 1926년 결성된 광주 지역 중등학교 최초의 비밀 학생 모임으로 사회과학을 연구하는 연구 모임이었습니다. 해산 후 성진회 출신 학생들이 중심이 되어 각 학교별로 독서회가 조직되었고 1929년 성진회 회원 장재성의 주도로 독서회 중앙부로 통합되었습니다. 장재성은 소설 속 정대협의 모델이 된 인물로 광주고보를 졸업하고 일본 유학 도중 귀국하여 국내 독서회를 이끌었습니다. 광주학생운동의 전국적 확산의 기폭제가 된 1929년 11월 12일의 광주학생시위는 독서회 중앙부 회원들이 주도하였다고 합니다.

초록서재 청소년 문고
독립운동가가 된 고딩

초판 1쇄 2019년 2월 22일 | **초판 6쇄** 2023년 9월 19일 | **글쓴이** 이진미 | **펴낸이** 황정임
총괄본부장 김영숙 | **편집** 이나영 | **디자인** 이재민, 이선영, 이영아 | **마케팅** 이수빈 고예찬 | **경영지원** 손향숙
펴낸곳 초록서재(도서출판 노란돼지) | **주소** (10880) 경기도 파주시 교하로875번길 31-14 1층
전화 (031)942-5379 | **팩스** (031)942-5378 | **홈페이지** yellowpig.co.kr | **인스타그램** @greenlibrary_pub
등록번호 제406-2015-000137호 | **등록일자** 2015년 11월 5일
 | ISBN 979-11-957187-5-7 43810

값은 표지 뒷면에 있습니다.

이 책에 쓰인 글꼴(폰트)은 'HS겨울눈꽃체' 서체입니다.

초록서재는 여린 잎이 자라 짙은 나무가 되듯,
마음과 생각이 깊어지는 책을 펴냅니다.